CAFÉ MACHIKANE

今夜、喫茶マチカネで

MINORU MASUYAMA

増山 実

集英社

目次

今夜、喫茶マチカネで

第一話　待兼山ヘンジ

1

妙子（たえこ）がポストの中の小包に気づいたのは、夫の四十九日の法要が終わった翌日の朝のことだった。

茶色の薄紙の表には白いシールが貼られ、万年筆で自分の名前だけが書かれている。裏書きは何もない。切手も住所もなく郵便物でないことは明らかだった。不審に感じた妙子は開封していいものかどうかためらった。そうしてもう一度、宛名を見た。

沖口（おきぐち）妙子様

見覚えがある。クセのない、几帳面（きちょうめん）な文字。ただ、妙子の「妙」の文字のつくり、「少」の字が、どこか人が目尻を下げて笑った顔に見える。

久志（ひさし）の筆跡だ。

久志は妙子の名前を何かに書くたびに、いつもそれを面白がった。

「ほら、まるで妙子が笑っとるように見えるやろ？」

「ほんまや。これがほんまの絵文字、いうか、顔文字やね」

そんなことを言って笑いあったことを、今も鮮明に覚えている。結婚前、付き合い始めた頃だから、もう三十五年近くも前のことだ。

そして、この万年筆のインクの色。やや紫みを帯びた、深い青。久志が気に入っていつも使っていたものだ。

宛名は、久志が書いたものに違いなかった。

しかし、久志は、もうこの世にはいないのだ。

だとすれば、この小包は……。

胸騒ぎを覚えた。

指で中身を探るように、小包をそっとさすった。数センチほどの厚みがあり、硬い固形物の感触だった。

本？

家の中に戻ってはさみを探すのももどかしく、玄関先で糊付け(のりづ)されている小包の上部を指で裂いた。

中に入っていたのは、やはり一冊の書籍だった。

題名は

待兼山奇談倶楽部(まちかねやまきだんくらぶ)

なんだろう、これは？

書店でよく見かける単行本と同じサイズだった。ベージュ地の表紙の中央に、何色というのだろうか、暗い灰みがかった赤茶色の四角い囲みがあり、そこに金色の横書きで題名が刻まれていた。題名から感じられる怪しげな雰囲気とは裏腹に、上品な装丁だ。

背表紙を見る。題名の下に「待兼山奇談倶楽部 編」とある。

待兼山、という言葉に聞き覚えはなかった。

ページを開くと、短い「まえがき」があった。妙子は文字を追った。

> ようやくみなさまにこの本をお届けすることができました。
>
> この本が出る頃には、もうこの世から消えている「待兼山駅」の名の記憶と、この街の思い出をこうして形にして残せたことは、私たちにとって無上の喜びです。
>
> この本が「待兼山駅」を愛していたすべての方々にとって、いつでもたどり着くことのできる「駅」となることを願ってやみません。
>
> 待兼山奇談倶楽部　代表　今澤敦己（いまざわあつみ）

待兼山駅という駅名にも奇談倶楽部という言葉にも、今澤敦己という名にも、何も思い当たるところがない。

ただ「駅」という言葉を目にして、心にさざ波が立った。

そこに、久志の「気配」を感じたのだ。

聞いたこともなく、どこにあるのかもわからない「待兼山駅」に、久志が佇（たたず）んでいる。そんな光景がふと脳裏にうかんだ。

「待兼山奇談倶楽部」の名前をスマホで検索してみたい衝動に駆られ、本を閉じて羽織ったパーカーのポケットに手をやった。

いや、その前に。

妙子、ページを開いて、読んでくれ。

久志のそんな声が聞こえたような気がした。

期待と、怖れが幾分か混じった緊張のせいだろうか。少し震える指で、妙子はもう一度、そっとページを開いてみた。

2

「今ちゃん。マンハッタン・ヘンジって、知ってるか」

淹れたてのコーヒーを一口すすって、仁ちゃんは自慢の大きな鼻を指で掻きながら私に言った。

「マンハッタン・ヘンジ？　さあ。初耳やなあ。馬の名前か？」

カウンターの中でコーヒーカップを拭きながら、私は首をかしげる。

違うがな、たしかにそんな馬、園田競馬あたりで走ってそうやけど、と仁ちゃんは笑う。

「ほな、ストーン・ヘンジは、どうや？」

「ストーン・ヘンジ……ああ、それやったら聞いたことあるわ」私はうなずいた。「たしか、イギリスやったかな。野っ原に、でっかい石を並べて、積んだるやつやろ。えらい昔の。あれ、なんて言うの、巨石文明、言うんかな」

「そうそう」

　ぐっと身を乗り出す。仁ちゃんのウンチク癖にスイッチが入った。

「昔、『月刊ムー』とかによう載ってた、あれや。目的は、今でもようわかってないらしいけどな。夏至か冬至かの時に、石を並べて積んだ隙間に、ちょうどすっぽりと太陽が入るらしいで。農耕の暦やとか、信仰の祭礼のためやとか。そんなんに使うてたとか言われてる」

　仁ちゃんは、本名は本間高仁。名前はたかひと、と読むが、小学生の時から高仁の仁は「仁丹」の仁や、ということで、いつしか仁ちゃん、というあだ名になった。待兼山駅前の線路沿いの商店街で戦前から続く実家のパン屋「ほんま」を継ぎ、今や三代目主人だ。ちなみに「ほんまのパン」は今も地元で絶大な人気を誇っている。

「ほんまのパン」は待兼山駅の西口、私が書店の二階で経営する「喫茶マチカネ」は東口の駅前にある。西口側から東口側へ行くには宝塚線と箕面線の二つの踏切を渡らねばならず、結構不便なのだが、仁ちゃんは忙しい仕事の合間を縫ってわざわざ「喫茶マチカネ」に週に四、五回ほどやってくる。小学校を卒業して五十年近く経った今でも、今ちゃん、仁ちゃんと呼び合う気安い仲だ。

「で、仁ちゃん、その、イギリスのストーン・ヘンジと、マンハッタンと、何か関係あるんか」

「ああ、それや。マンハッタンってな、高層ビルが林立してるやろ。摩天楼とかいうてな。まあ、俺も実際にはニューヨーク行ったことないから知らんけど」

「映画とかで、よう観るよな」

「それでな、年に二回だけ、マンハッタンの高層ビルと高層ビルの間の細い隙間に、すっぽりと夕日が落ちるのが見えるストリートがあるらしいんや。それがえらい綺麗な風景らしいてな。地元の人間は、その風景を『マンハッタン・ヘンジ』って呼んでるらしいわ。ストーン・ヘンジをもじってね」

「ほう。なるほどね」

仁ちゃんは目を輝かせて言った。

「それでな、つい、さっきのことや。この店に来る、途中のことや」

「どうした？」

「待兼山駅の西口大通り、あそこ、改札出たら、道がズドンと西に延びてるやろ」

待兼山駅は西口、東口共に、駅前は路地が迷路のように巡らされている。西口の改札前の通りは待兼山駅前では唯一の、自動車も出入りできる大通りだ。私は相槌を打った。

「今ちゃんの店行く前に、銀行のＡＴＭでお金下ろそう思てあの大通りを歩いとったら、ちょうど、マクドナルドの前あたりで、目の前の道の向こうの雑居ビルの間に、沈む寸前の、でっかい夕日が見えたんや。その風景が、もう、息を呑むほど美しいてね。何人かは、立ち止まって、ぼうっと見てたわ。イタリア人やったら、あそこで『ブラボー！』とか言うて拍手しそうな。そんな雰囲気でな」

仁ちゃんの声に熱がこもる。

「あんまり綺麗なもんやさかい、俺もしばらくぼうっと突っ立って、夕日が完全に沈むまで見てたんや。五、六分ほどもおったかな。そしたらな。マクドナルドから出てきた若いカップルが、俺の隣で同じように沈む夕日を眺めてて、その女の子の方が、ぽそっと言うたんや」

「ほう。なんて?」

「これって、『待兼山ヘンジ』やね、て」

「はあ。『待兼山ヘンジ』ねえ。その子は、『マンハッタン・ヘンジ』のことを知ってたんやな」

「若い子らはうまいこと、言うなあ、と思うて、俺、感心してな」

私は仁ちゃんの話を聞いて、たまらなくその風景を見たくなった。しかしもうとっくに日は沈んでいる。

「私、それ、知ってるよ。『待兼山ヘンジ』」

厨房で作業していた繭子が出てきて口を開いた。私たちの話が聞こえたのだろう。

喫茶マチカネはさほど広くない店だ。カウンター席が五つに、四人がけのテーブルが二つ。二人がけが、入り口近くと窓際に一つずつ。普段は私一人で店を切り盛りしているが、客が混み合う早朝とランチの時間だけは妻が手伝い、夕方過ぎからはアルバイトを使っている。今日は夕方五時から繭子が入っていた。しかし今日は夕方を過ぎてもずいぶん暇だった。

「おお、繭ちゃん、知ってるんか」

繭子は兎のようなくりんとした目をいっそう大きくしてうなずいた。栗色に染めたショートボブからのぞく、サクソフォンの形をしたピアスが揺れる。

「うん。阪大生の間では、結構有名やよ。仁さんが聞いた、マクドから出てきたカップルも、きっと阪大生やわ」

「ああ、阪大生か。うん、そういうたらちょっと見た目、かしこそうやった」

待兼山駅のすぐ近く、歩いて十分もかからない場所に大阪大学豊中キャンパスの入り口がある。

そもそも駅名の由来となっている標高八十メートルほどの待兼山は、今はこの大阪大学豊中キャンパスの中に位置している。他に吹田キャンパスと箕面キャンパスがあるが、メインは豊中キャンパスで、サークル活動も豊中キャンパスで行われることが多いため、待兼山の商店街にも学生たちの姿が目立つ。

藺子は大阪大学の三回生だ。文学部のゼミで民俗学を勉強しているという。

「なんで有名かっていうとね、ちょっとした都市伝説があるねん」

「都市伝説？」

「うん。都市伝説、て言うてしまうと、おどろおどろしいけどね、あの、『待兼山ヘンジ』が見える日の夕方、日が沈む瞬間にあの路上でプロポーズすると、恋が成就するっていう伝説」

「へえ。めっちゃロマンチックやん」

仁ちゃんの声が一オクターブ上がった。

私は壁の日めくりカレンダーを見た。一月十一日。

「つまり、その伝説の日が、今日、ちゅうわけやな」

「俺な、そんな映画、観たことあるで。学生の頃。たしかな、イタリアのヴェネチアにある嘆きの橋の下で、日が沈む瞬間にキスしたら、二人は永遠の愛が手に入る、ちゅうような話やったわ。当時、付きおうてた女の子と観に行ったんや。キャンディーズの伊藤蘭ちゃんに似ててな」

知らんがな、と藺子が絶妙のタイミングでつっこんだ。

私もその映画を観たことがある。ダイアン・レインのデビュー作だ。待兼山の商店街の中の映画館で観た。その映画館も今はなくなり、跡地はスーパーになっている。ダイアン・レインは、今、どうしているのだろう。永遠の愛を手に入れただろうか。

「その『待兼山ヘンジ』の伝説を信じて、プロポーズしたって言う人、私、何人か聞いて知ってるよ。みんな、うまいこと、いってるねん。結婚した人もおったしね。うんうん」

繭子は自分の言葉に納得するように首を縦に動かし、一度大きく瞬きしてから続けた。

「けど、普通、プロポーズって、クリスマスやん。年が明けたこのタイミングって、プロポーズするには微妙やったりするんやけど、それでも、伝説を信じて、わざわざこの日にしたり、クリスマスにプロポーズしそびれた人がこの日にチャレンジするんやて」

仁ちゃんがその話に乗ってくる。

「関西は一月十日は『十日戎』で、十一日は『残り福』やしな。さしずめ『待兼山ヘンジ』は、恋愛の『残り福』やな」

「そうそう。ワンチャンある、ってやつ」

仁ちゃんと繭子が盛り上がる。

「けど、雨が降ったり、曇ってたりしたら、夕日は」

私はちょっと意地悪なことを言ってみた。

「それがね」

繭子は大きな瞳を目いっぱい開いた。

「不思議と、『待兼山ヘンジ』の時は、晴れるんよね。朝方や昼間、曇ってても、夕方にはね。恋愛の神様か気象の神様か知らんけど、粋なことするよね」

面白いなあ、と仁ちゃんはひどく感心し、そして腕組みしながら天井を見上げて言った。

「けど、不思議や」

「うん。不思議な伝説や」私はうなずいた。

「いや、そうやなくて」

「何が？」

「そうかてな。俺、もう六十年以上、長いこと、この街に住んでるんやで。そやのに、今日初めて、あの大通りから見る夕日が美しいことに気がついたんや。これまで、何回も夕日を見てたはずやのに」

「そんなもんかもしれんよ」私は言った。「旅先ならともかく、自分の住んでる街の夕日なんか、そんなにじっくりと眺めることはないんと違うかなあ」

そうかなあ、と仁ちゃんがまたコーヒーをする。

「あのう、よろしいですか」

カウンターの端っこから声が聞こえてきた。

「ああ、沖口さん」

沖口さんは、いつもカウンターの隅で、一人で静かにコーヒーを飲んでいる。十年ほど前からお店に来ているお客さんで、最初の頃は誰とも口をきかなかった。もっともうちの店ではそういうお客さんは少なくない。一階が書店ということもあって、そこで買った本を静かに読んでいる人も多い。そうして一人でいるお客さんにはこちらから話しかけることはない。話したい人は話せばいい。黙っていたい人は黙っていていい。みんな自分の心地よいスタイルでコーヒーを飲んだらいい。それが喫茶マチカネの流儀だ。

あれは沖口さんが店に来だしてから、一年ほど経った頃だった。ふとしたことで沖口さんと会話することになった。

きっかけは、有線放送から流れてきた音楽だった。

ジョン・レノンの「イマジン」だ。

その日は十二月八日。ジョン・レノンの命日で、午後の遅い時間だった。店内には私と沖口さんしかいなかった。その曲が流れてきた時、いつものようにカウンターの隅に座っていた沖口さんは、突然、私に話しかけてきた。

「最近、仁さんは、お見かけしませんが、どうかされたんでしょうか」

沖口さんが話す声をちゃんと聞いたのは、その時が初めてだった。外見の風貌や服装さながらに、落ち着いた優しい声だ。私はびっくりした。まだ名前も知らない、会話も交わしたことのないお客さんから、突然、仁ちゃんのことを尋ねられたからだ。

「ああ。仁ちゃんですか。実は、休みの日に庭の木を剪定(せんてい)中に足を滑らせて脚立から落ちたらしくて、腕を骨折してしまいましてね。一ヶ月ほど、入院してはるんですよ」

「そうでしたか」

早く良くなればいいですね、と、沖口さんは言った後、

「いや、いつも、マスターと、仁さんの会話がとても面白くて」

と、はにかんだ表情で言った。

「私、こっそり、お二人のことを、イマジンコンビって、心の中で呼んでるんですよ」

「イマジンコンビ？」

「今ちゃんと仁ちゃんで」

私は笑った。沖口さんも笑った。その時初めて、沖口さんの笑った顔を見た。笑うと目尻が下がって、人懐こい顔になった。

「最近はそれが聞けなくなったんで、ちょっと寂しくて。すみません。盗み聞きみたいなことしてしまって」

「いやあ、いいんですよ」私は掌を横に振った。

「きっと、仁ちゃんも、それ聞いたら、喜びますよ」

「いやあ、黙っててください。これまでのままがいいですから。ああ、余計なことを言ってしまったのは、私の方からでしたね。すみません」

「いえいえ。じゃあ、これからも、よろしくお願いします」

それからも沖口さんはめったに口をきかなかったが、ほんのたまに、私たちの会話に参加することがあった。それで、名前が沖口さんで、待兼山駅のある電鉄会社で運転士をしていることもわかった。住まいは別の沿線なのだが、週に一度ほどの割合で、わざわざ途中駅で乗り換えて店に来てくれる。三年前に電鉄会社を定年になってからも変わらず店に通ってくれ、来る頻度も増えている。店にとってはありがたい客だった。

そうして、今日も、途中から私と仁ちゃんの会話に参加してきたのだった。

「あのう、よろしいですか」

「ああ、沖口さん」

「実は私も、その夕日のこと、知っておりまして」

「えっ、そうでしたか」

「ええ。正確な日付までは把握してませんでしたが、一月を十日ほど過ぎた、ちょうど、今頃の季節です。梅田駅を十六時三十分に出る、急行の宝塚駅行きです。この待兼山駅には十六時四十五分に到着して、四十六分に発車します。駅を出るとすぐ、電車は箕面川を渡ります。その鉄橋を渡る時、運転席の左側から箕面川の下流、つまり西側に、沈んでゆく夕日が視野に入るんです」

「ああ、青い橋のかかってる、あの川ですな」仁ちゃんが相槌を打つ。

「そうです。青い橋……。その橋の向こうに落ちる夕日が、いつも美しくてね。きっと、仁さんが今日見た夕日は、その夕日と同じやと思います」

「ああ、方角からいうても、そうですな」

「さすがは、沖口さん、電車の運転士やってはっただけのことはありますなあ。そんな時刻まで、きっちりと頭に入ってるんですな」

「ええ。毎日毎日、一分と狂わず決まった時間に走ってますとね。通り過ぎる風景の見え方が、一日ごとに変わってくるのがようわかるんですよ。太陽の光の加減ですね。ああ、昨日より、ちょっと光の差し込む角度が、高なったなあ、とか、低なったなあ、とか。運転士ですから、そんな車窓の風景に気をとられていてはいけないんですが、否応なく、目に入りますからね。それで、箕面川に落ちる夕日が、一番綺麗に見えるんが、たしかにちょうど今頃でした。それは一月十一日やったんですね」

そう言って沖口さんは目を細めた。

「この街には、ええとこがいっぱいありますけど、私がこの街を好きなんは、あの夕日のせいもあるかもしれませんね」

「うちらの街のことを、そう言うてもらえて嬉しいですわ」

仁ちゃんは沖口さんの言葉に感じ入った様子で答えた。

「この待兼山界隈は、結構歴史のあるところでしょう」

「ええ、そうなんです」と仁ちゃんはまた身を乗り出してきた。待兼山の歴史となったら、黙ってはいられない。

「待兼山、いうのは、平安時代からの地名ですからなあ」

「そうらしいですね」

「ええ。古くは枕草子や新古今和歌集にもこの待兼山の名前が出てきます。歌枕に使われてたんですわ」

そう、小学校の、「郷土の歴史」の授業で習った。歌枕とは、和歌に詠み込まれる名所のことだ。宮城県の松島とか、静岡県の田子の浦とか。今は駅近くの大阪大学のキャンパスの中にある待兼山も、昔は多くの歌人が憧れる名所のひとつだったのだ、と。もちろん待兼山駅も、わが喫茶マチカネも、その名にちなんでいる。

「この辺は、平安時代、交通の要衝でしたからなあ」

仁ちゃんが鼻の穴を膨らませて話をつなぐ。

「大阪から能勢妙見堂につながる能勢街道と、京都から九州へつながる西国街道とが、ちょうど交差する場所でした。昔の言葉で言う、辻、ですな。駅から商店街を南に抜けて、線路に沿って二、三百メートルほどいった、角にタバコ屋のある踏切、わかりますか」

「はい。あの界隈、よく歩きます」

今度は沖口さんが首肯する。

「そうですか。あそこが昔、ちょうど、二つの街道が交わる、辻、でした」

「はい、わかります。今は周りに大きな道路がぎょうさんできて、ひっそりとしてますけど、ちょうど、あの踏切の線路の上あたりが、昔の辻やったそうですね」

仁ちゃんが両眉を上げた。

「沖口さんも、この街の古いこと、えらい詳しいですなあ」

「ええ。この界隈の歴史に、ちょっと興味を持ちましてね」

今日の沖口さんは、いつになく饒舌だ。

「あの辻は、能勢から炭や野菜とかの行商人が来たり、尼崎からは漁師がタコや鯛を売りに来たり、富山や奈良の吉野から薬売りも来てたそうですね。人が集まるんで、三河万歳の大道芸人とかもやってきて、ずいぶんと賑わったそうですよ。あと、お布施を求める托鉢や虚無僧、お乞食さん。能勢街道は、能勢の妙見さんの他、箕面の勝尾寺や宝塚の中山寺につながる巡礼の道でもありましたから。商いと巡礼と芸能のまち。それが待兼山ですね」

また仁ちゃんが目を剝いた。

「ほんまに詳しいですなあ。どないして調べはったんですか」

「このお店の一階の『らんぷ堂書店』に、待兼山の郷土に関する本、何冊か置いてありましたから。

たくさん買って読みました。それで多少は」

「そうでしたか。ありがとうございます」私は頭を下げた。

「下のらんぷ堂でもお得意さんだったんですね」

「らんぷ堂、私も好きなんです」

薾子が沖口さんに言った。

「他の街の本屋とは、ちょっと、置いてある本が違うんですよね。なんて言うんかなあ。これ、私のために置いてくれてるんちゃうかなあ、って思う本が、結構並んでるんですよね」

「私も同じです。らんぷ堂書店。ほんとうに、大好きな本屋です」

私は沖口さんと薾子の言葉を聞いて、胸が詰まった。

らんぷ堂書店と喫茶マチカネ。

父と母が戦後にこの街に来て始めた店だ。昭和二十九年四月一日が開業日と聞いている。戦争が終わってからまだ九年も経っていない時だ。父は二十八歳だった。肺を病んでいて兵役は免れたという。病弱で先は長くないと覚悟していた父は、どうせ早く死ぬなら好きなことをやろう、と、日本海に面した海辺の村から出てきて、大阪市内で何年か働いた後、待兼山の駅前で本屋を始めた。開店資金は故郷の親戚から借りたという。待兼山界隈には高校も多く、大阪大学もあるので書店の需要は多かろう、という見立てもあった。らんぷ堂、という店の名前は、ランプの灯り(あか)を求めるように、みんなが本を求めてこの店に集まってきますように、との思いを込めて父が名付けた。父の見立ては当たって学習参考書や文庫を求める学生たちや、飲食店や理容室など客商売の店に置く雑誌を求める商店街の人たちが、文字通りランプの灯りに吸い寄せられるようにやってきた。

空いていた書店の二階で喫茶店をやることを思いついたのは母だった。まだコーヒーも珍しい時代で、母はサイフォンの使い方や豆のブレンド方法を大阪市内の問屋に通って学んだ。店の名前を喫茶マチカネ、としたのは父だ。今は置いていないが、店内に当時は珍しいテレビを置いたことで店は大繁盛し、なんとか借金も返せたという。その頃は書店も喫茶店も、郷里から仕事のない若者を呼び寄せて店員として何人か雇っていた。ここから独立して他の地域で書店や喫茶店を始めた者もいる。それが父と母にとっても誇りだった。

父が他界してすぐに一階の書店は長男の幸一（こういち）が、二階の喫茶店は次男の私が継いだ。

しかし書店も喫茶店も、父の時代と比べれば売り上げは桁違いに落ちている。待兼山駅界隈に、かつては三軒あった書店も、ここ数年で次々に店をたたんで今はらんぷ堂だけだ。喫茶店も大手の全国チェーン店がこの駅前に何軒も進出している。

「私はね、思うんですよ」

沖口さんが言った。

「かつての、あの辻、西国街道も、西へ向かってまっすぐに延びてるでしょ。ですから、ずっと昔はあの辻からも、今日、仁さんが駅の西口から見たんと同じ、綺麗な夕日が見えたんと違うかなあ、って」

「そうかもわからん。いや、ビルも何もない昔の方が、綺麗に夕日が見えましたやろな」

仁ちゃんが何度もうなずく。沖口さんはぽつんとつぶやいた。

「当時の人たちは、道の向こうに落ちる夕日を見て、何を思うたんでしょうなあ」

それを聞いて、私は心の中が夕日に染まるような気がした。

「この待兼山駅界隈は、あの大通りを除けば、東口も西口も、迷路みたいにうねうねと路地が巡らされてますでしょ。まるでラビリンスです。私は、そういうとこも、この街の好きなとこなんです」

「たしかに、そうなんやな」仁ちゃんが顎を上げて腕組みをする。

「もう、戦争が終わって、七十四年やで。それで今どき、まだこんな、終戦直後の名残りみたいな街並みが駅前に残ってるやなんて。この沿線では、待兼山駅だけや」

それは仁ちゃんの言う通りだった。

この喫茶マチカネがある場所だってそうだ。

待兼山駅の東口を出ると、まず駅前にパチンコ屋がある。その脇から路地が延びていて、すぐ突き当たりとなる。右に折れてすぐに左に曲がると、そこがらんぷ堂書店と喫茶マチカネだ。

私は言った。

「沿線の他の駅は、ホームも高架化が進んで、駅前にはショッピングセンターやバスターミナルができたりして、もうほぼ再開発されてますからね。駅前に蜘蛛(くも)の巣みたいな路地が生き残ってるのは、ほんま、待兼山駅だけです。まあ、そうやからこそ、うちみたいな、古い喫茶店が、いまだに駅前で生き残れてるわけなんですけど。それにしても、なんでこの待兼山駅だけが」

「それ、うちの大学の先生も言うてたわ」

繭子が言った。

「都市工学やってる先生。待兼山駅周辺の街のありようは、学術上も非常に興味深いって」

「その事情でしたら」沖口さんが口を挟んだ。「私も、幾らか聞いたことあります。なんで電鉄会社が、この待兼山駅だけ再開発せんかったのか」

「ああ、そうでした。沖口さんは、三年前まで電鉄に勤めてはったんでしたな。そら詳しいですな」

「ええ。まあ、私もあくまで、後から伝え聞いた話ですから、どこまで本当かわかりませんけど」

「わあ。私、めっちゃ興味あります。沖口さん、よかったら教えてください」

繭子が声を弾ませた。

沖口さんはちょっと目を細めてから、言った。

「待兼山駅の高架化の話は、社内で真剣に検討されたこともあるそうです」

「ほうほう」仁ちゃんも身を乗り出す。

「けど、実現せんかったのは、あの、中国自動車道が、最後までネックやったんです」

「ほう。あの高速道路ですか。その話は、初耳ですな」

「ええ。あの高速道路、待兼山駅のすぐ南に、線路の上をまたいで走ってるでしょ。電車はその下をくぐってるから、待兼山駅を高架化しようと思たら、あの高速道路をくぐってから線路を高架化せんとあかん。そうすると、駅との距離があんまりないから、急勾配になりすぎて、運行の安全性に問題がある。それで結局、高架化は断念せざるを得んかったということらしいんです」

「なるほどなあ。それで、駅前の再開発も免れた、と」

仁ちゃんは納得した顔でうなずいた。

あらゆる街が画一的に変わっていく中で、この街だけがさながらガラパゴスのように地理的な条件で再開発を免れた、ということだろうか。いや、免れた、のではなく、「進化」から取り残されたのだ、という声がどこかから聞こえてきそうだ。

　沖口さんが続ける。

「そんな、いまだにラビリンスみたいな待兼山駅界隈で、唯一、あの西口の前の道路だけが、ズドンとまっすぐに延びてる道ですね。そういう意味でも、夕方、仁さんが見はった夕日の風景は、奇跡的な風景です」

　奇跡的な街の、たった一日だけの奇跡的な瞬間。

　しばらく沈黙が流れた。四人の誰もが、心の中の夕日の前に佇んでいた。

「そうや。ええこと、思いついた」

　仁ちゃんが、左の掌を右手の拳で打つ。

「ええこと？」

「そう。若いカップルが『待兼山ヘンジ』で恋愛成就を目指すのはええけど、あの美しい風景を、若者だけのもんにしとくのはもったいないやんか」

　仁ちゃんの鼻息が荒い。

「俺も今日まで気づかんかったぐらいやから、まだまだあの風景に気づいてない人も多いはずや。そやからね、これから毎年、一が並ぶこの一月十一日、『喫茶マチカネ』のお客さんが集まって、待兼山駅西口から見える『待兼山ヘンジ』ツアーをやりましょうや」

「ツアー？　プロポーズの？」

「いや、もちろんプロポーズしてもええんやけど、ただ美しい夕日を、みんなで一緒に、ぼうっと眺めて、それぞれの心の中で思いをはせる。ただ、それだけのツアー。『喫茶マチカネ』で参加者募集して。どう？　今ちゃん」

「あ、それいいかも」

藺子が乗ってきた。

「評判になったら、商店街興しにもなるよ。面白そうやん。マスター、やりましょうよ」

私は返事ができなかった。

藺子がたたみかける。

「そうそう。マスター。時々、私に教えてくれたこと、あったでしょ。この喫茶店の名前にまつわる、不思議な話。この店で誰か思う人や、何かを待ち続けてたら、いつか、ここで巡り会えることがあるって。今まで、そんな奇跡みたいなことが何回もあったって。それがいつしか噂になって、願をかけにやってくる人がいてるって」

たしかに店が暇な折にそんな話を藺子にした覚えがある。

「もちろん待って待って待ち続けても、思う人は現れんで、願いが叶わんかった人もおったけど、それはそれで、みんな、ここで待ったことで心の整理ができて、納得して帰って行ったたって。そんな『喫茶マチカネ』の『伝説』も一緒に、もっともっと広めましょうよ」

それは藺子の言う通りだった。喫茶マチカネ。その名前の響きには、人の心の中の何かを揺さぶる力があるようで、沿線だけでなく、時には関西以外からもお客さんがふらっとやってくることがあった。学生の頃に通っていて、社会人になって街を離れ、何十年かぶりに訪ねてくる客も少なくなかった。そうして訪ねてきたお客さんに、不思議なことが起こることがたしかに何度かあった。

しかし、そのことを、ことさら公に宣伝することはなかった。

何よりも、普通の喫茶店でいたかったからだ。

しかし、私がその時、仁ちゃんや繭子からの提案に返事ができなかったのには、別の理由があった。

東口の駅前にある地蔵のようにずっと黙ったままでいる私の様子に、仁ちゃんが気づいた。

「今ちゃん、どないしたんや?」

「うん。様子、おかしいよ」繭子も顔をのぞき込む。

とうとう、その時が来た。

言わなければならない。

あのことを。

3

「実は、喫茶マチカネは、今年の九月いっぱいで閉店することにしたんです」

私がそう切り出した時の、仁ちゃんと沖口さんと繭子の驚いた顔が今も忘れられない。

「閉店って。店、やめるってことか?」

私は無言のまま、小さくうなずいた。

「今ちゃん、それ、ほんまかいな」

「ああ。まだ、誰にも言うてなかったけど」

仁ちゃんはしばらく黙った。

繭子は泣きそうになっている。

もうすっかり日が落ちて暗くなった窓から漏れ入る踏切の赤い点滅が、仁ちゃんと沖口さんと繭子の横顔を照らす。カンカンカン、ガタゴトゴトと、警報音と電車が線路を軋（きし）ませる音が聞こえてくる。

「そやから、来年の一月十一日は、もう、ここは……」

「下の、本屋は、どないすんねん？」

「らんぷ堂も、一緒に閉店です」

私は敬語で答えた。その答えは、沖口さんに対してのものでもあったからだ。

「兄貴とも、相談して……」

仁ちゃんはううーん、と言葉にならない低い声で唸（うな）った。沖口さんはずっとうつむいて無言のままだ。表情は読み取れない。

「この店、何年やったかな」

「昭和二十九年やから、六十五年」

「六十五年か」

「人間でいうと、もう定年も過ぎて再雇用も過ぎた頃や」

「いや、まあ、そうやけど。けど、もうちょっと、頑張ってみる気は……」

「僕も、そういう気持ちはあるんやけど、ちょうど、キリがええって、兄貴が言うんでね」

「キリがええっていうんやったら、七十年までやったらどうやねん」

仁ちゃんの声には納得しがたいという感情が滲（にじ）んでいた。

「そういう、時期的なキリやのうて」

「どういうことや?」

「駅の名前が、変わるでしょ」

ああ、と仁ちゃんは顎を前に突き出した。

「そういうことか」

電鉄会社の意向で、ずっと慣れ親しんできた「待兼山駅」の呼称が変わる。

まだ内々の話としてだが、そういう情報が商店街の関係者の耳に入ってきていた。

正式にはまだ決まっていないが、新しい名称は「大阪大学前駅」にする意向だという。

そのような駅名変更の流れは、数年前から起きていた。

たとえば数年前、同じ沿線の中山駅は「中山観音駅」、服部駅を「服部天神駅」、嵐山線の松尾駅を「松尾大社駅」に変更している。最寄りの寺社名などを駅名に入れることで認知度と集客力を高める効果がある。また神戸線の三宮駅は「神戸三宮駅」に変更されている。利用者にとっても、他府県の人にとってもわかりやすくて利便性があるというのが変更の理由だった。

そして、今回の「待兼山駅」の駅名変更計画である。

そこには大阪大学側からの強い働きかけがあったという。

大阪大学は二〇二一年に創立九十年を迎えるにあたり、地域や企業に向けて大阪大学の名を強くアピールしたい。その意味で、最寄りの駅の名前に「大阪大学」が入ることは絶大なPR効果をもたらす。そう踏んだのだ。電鉄会社もかなり前向きに検討し、市も抱き込んでこの計画は秋には断行されるのが既定路線だという。商店街の店主の中にも、これで知名度が上がる、と歓迎する向きも多い。歴史ある「待兼山」の名前も残すべきだという声もあるが、たとえば「待兼山大阪大学前」とすると駅名としては長くなりすぎ、やはり「待兼山」は削られる意向だ。まだオフレコだが、メディアがこの名称変更計画をニュースとして取り上げる日も、そう遠くはないだろう。

「地元が賛成する理由も、それはそれでわかる。けど、明治四十三年から、百年以上続いてきた『待兼山駅』の名前が、この秋でなくなるんや。喫茶マチカネも、ここが、潮時でええんとちがうか、いうのが、兄貴の言い分や。もともと兄貴は、書店経営から手を引くタイミングをはかってたらしいから」

「ランプの灯が消えるんか。この、喫茶マチカネも」

仁ちゃんも、沖口さんも、それ以上は何も言えず、その日は帰って行った。


あれから一週間が過ぎた。

仁ちゃんはその間、二度ほどやってきたが、あえて私の前で閉店の話題は出さなかった。まだお客さんでは、仁ちゃんと沖口さんしか知らないことだ。下手に喋(しゃべ)って漏れてしまってはまずい。そう気を遣ったのだろう。しかしいずれは発表しなければならないことだ。私はその時期をはかりかねていた。一週間前に、仁ちゃんが『待兼山ヘンジ』ツアーの企画を持ち出したのは、ある意味で、いいきっかけだった。

こつこつこつと階段を上がってくる音が聞こえる。

常連客なら、その足音で誰だかわかる。沖口さんだ。

「こんにちは」

いつもと変わらぬ様子で沖口さんはやってきた。ただひとつ、違うところがあった。沖口さんはカウンターの隅でなく、私が立っているちょうど前の、カウンターの真ん中に座った。この十年ばかりの間で、初めてのことだった。いらっしゃいませ、と私は答えた。

閉店の考えを告げてから、初めての来店だった。

「いつものコーヒーを」

かしこまりました、と言ってから、私は戸惑った。沖口さんがいつものようにカウンターの端っこに座ったなら、注文を聞いた後は、そのまま黙っていればよかった。沖口さんはそれを望んでいる。しかし、今日は、違う。それは沖口さんからの、何らかの意思表示のはずだ。話しかけるべきか。それとも、沖口さんが口を開くのを待つべきか。しばらく沈黙が流れた。有線放送から聞こえてくるのは、ザ・バンドの「ザ・ウェイト」だ。

私は、どうぞ、と言葉を添えて、淹れたてのコーヒーのカップを置いた。

そして、しばらく、待った。

「残念です」

沈黙を破ったのは、沖口さんだった。ポツリとそう言った。

「もう、この、美味しいコーヒーが、飲めんようになるんですね」

「申し訳ありません」

私は頭を下げた。

「でも」と沖口さんはコーヒーを一口すすってから言った。

「私は、この前、今さんがおっしゃった、らんぷ堂のご主人の気持ちは、よくわかるんです」

「兄の？」

　私は聞き返した。

「ええ。お兄さんがお店をたたむことを決めた、きっかけです」

「駅の、名前が変わる、ということですか？」

　沖口さんはうなずいた。私は記憶の引き出しを開けて兄の言葉を思い出していた。

　百年以上続いてきた「待兼山駅」の名前が、この秋でなくなるんや。喫茶マチカネも、ここが、潮時でええんとちがうか。兄は、私にそう言ったのだった。

「実は、私も、この『待兼山』という駅の名前に、たまらなく愛着があるんです。この気持ちは、ちょっと、他人には伝えきれないものがあります。きっとお兄さんもそうなんだと思います。そして、喫茶店の名前をつけたお父様も。もちろん、今さんも。だからこそ」

　沖口さんは、ゆっくりと、自らにつぶやくように言った。

「愛していた名前がこの世からなくなる。その寂しさが、とてもよくわかるんです。そう、それは、身体の一部が切り取られるような。でも」

　沖口さんは、そこでじっと私の目を見つめて、言った。

「あと、八ヶ月と少し、あるんですね」

　そう。店を閉めると決めているのは、駅名が変更されるという十月一日の前日、九月三十日だ。

「はい。残り八ヶ月と少し。精一杯、美味しいコーヒーを淹れさせてもらいます」

　私は、そう答えるのが精一杯だった。

「あと、八ヶ月と少し」

沖口さんは、もう一度、同じことを言った。

「それで、私は、考えたんです。あと八ヶ月と少し、あるのなら……」

私は沖口さんの次の言葉を待った。

「本を、残しませんか」

「本？」

「ええ。この世に、『待兼山駅』という名前の駅があった、ということの証を、本にして残すんですよ。もっと言えば、この世に『喫茶マチカネ』という喫茶店があった、ということの証を」

沖口さんが言ったことは思いもよらないことだった。

「でも、僕には、とてもそんなの書く力は」

「いえ。書くのはマスターじゃなくて」

「じゃあ、誰が？」

「みんなです」

「みんな？」

「ええ。この駅の名前を愛した、街のみんな。そして『喫茶マチカネ』を愛した、みんな」

「みんなで書くって」私は尋ねた。「文集みたいなものでしょうか」

「ええ。そういう作り方もあると思います。ただ、せっかくなら」

沖口さんの言葉は次第に熱を帯びてきた。

「単に書いたものを集めるだけじゃなくて、みんなでここに集まって、話しませんか」

「話す？」

「ええ。月に一回ほど、営業時間後の午後九時頃から集まるのはどうでしょう。そして思い出を話すんです。この街の、この喫茶店の思い出を。みんなで集まって話す、ということが、大事なんやと思うんです。なぜなら、ここは、喫茶店だから。そして、みんなで語ったその思い出を、本にまとめるんです」

私は、沖口さんがなぜこの駅とこの店に対してそこまで思い入れが強く、街と店の記憶を残すための本の出版にこだわるのか、訝(いぶか)しく思った。しかし、ありがたい提案である。

心が動いたのも確かだった。

「集まりますかね」

「集まりますとも。今さんが知っている方々だけでも、面白い話を持ってらっしゃる方が何人もいらっしゃるでしょう。きっと他にも思い出を話したい方がいるはずです。募集しましょうよ」

「募集？」

「ええ。下の書店と、お店の前に、募集の貼り紙を出しましょう」

話がどんどん進んでいく。私はそこで少し冷静になった。

「でも、沖口さん。本にするって言ったって、自費出版でしょう？　兄貴が書店をやってるんで私も多少は事情に明るいんですが、自費出版というのは、結構、お金が」

「ええ。そうですね。どんな形で出すかは、追い追い考えることにして、とにかくみんなが読みたくなるような本を作りましょう。そうすれば、きっと道が拓(ひら)けますよ」

私は聞いた。

「何か、いいアイディアがありますか」

沖口さんは、微笑(ほほえ)んだ。

「『待兼山奇談倶楽部』？　面白そう！」

夕方にアルバイトにやってきた繭子に、沖口さんが提案した内容を相談すると、彼女は即答した。

「単に思い出を話すんやのうて、不思議な話ばかりを集めましょう、って、沖口さんは言うんや」

「不思議な話か。それ、大賛成です。この街には、不思議な話が、いっぱいあるもん。あの『待兼山ヘンジ』の都市伝説にしたって、そうやし。それに何より、不思議な話を集まってするイベントのタイトルが、『待兼山奇談倶楽部』っていうのが、なんかエモいですよね」

繭子は大乗り気だ。

「沖口さんは、自分も話したいって」

「へえ。何か不思議な話があるのかな」

「僕も訊いたけど、教えてくれんかったわ」

「沖口さんの話、気になるなあ。あの人、普段はほとんど喋らへんけど、この前の話、面白かったもん」

「ところで、みんなから聞いた話を、本にまとめる作業やけど」

「それ、私、手伝えるかも」

繭子はサンドウィッチ用のパンの耳を私が切る、ぐらいの軽い口調で答えた。

「ほんと？　沖口さんは、みんなでやろうって」

「私ね、大学のフィールドワークで、人から聞いた話をまとめるの、割と得意なんです。聞き書きってやつ。ゼミの先生にも褒められたし。ゼミの友達も、言うたらきっと手伝うてくれると思います」

「それは百人力やな」

「任せといて！」

繭子のサクソフォンのピアスがまた揺れた。

三月になると、待兼山駅の名称変更のニュースが各新聞から報道された。

そのタイミングに合わせて「待兼山奇談倶楽部」は動き出し、喫茶マチカネの二階に続く階段や一階のらんぷ堂書店の入り口には、貼り紙が出されたのだった。

閉店のお知らせと「待兼山奇談倶楽部」発足のお知らせ

この度、「らんぷ堂書店」と「喫茶マチカネ」は、二〇一九年九月三十日（月）をもちまして閉店することになりました。長年のご愛顧に心より感謝いたします。

また地域の人々に愛された「待兼山駅」の名称が、二〇一九年十月一日（火）をもって新しい駅名に改称されることになりました。

これを機に「喫茶マチカネ」では、待兼山駅のある街のかけがえのない思い出を私たちの記憶の中に留めようと、閉店までの半年間、毎月十一日午後九時から、この街で経験した不思議な話を語り合う会、「待兼山奇談倶楽部」を発足させることにいたしました。

第一回　開催日　四月十一日（木）　午後九時

どなたでも参加できます。参加費無料。ご興味のある方、奮ってご参加ください。

第二話　ロッキー・ラクーン

1

「行け！　マチカネフクキタル！」

私は読んでいた文庫本から顔を上げ、声の方向へ目を向けた。

藺子がスマホの画面を見ながら絶叫していた。午後八時過ぎ。この時間にしては珍しく客の波が引いて、店には私とアルバイトの藺子以外、誰もいない。

藺子のドスの利いた大声にも驚いたが、もっと驚いたのは彼女が叫んだ言葉だった。

マチカネフクキタルは、今から二十年ほど前に中央競馬で活躍した馬の名前だ。

「喫茶マチカネ」は、ひとところは競馬ファンが集まる店としても知られていた。それは、喫茶店の名前であるマチカネに由来するところが大きい。マチカネは最寄りの駅名の「待兼山駅」にちなんでいるのだが、中年以上の競馬ファンなら、マチカネと聞いて連想するのは当時一世を風靡したマチカネの名を冠した馬たちの名前だ。マチカネフクキタルもその中の一頭だ。同期にマチカネワラウカド、という馬もいる。ワラウカドと、フクキタル。そんな洒落のきいた名前も人気の一因だった。他にマチカネタンホイザやマチカネキンノホシなど重賞を制した馬も輩出している。

マチカネの名を冠した馬たちが活躍した当時、この喫茶店にも大勢の競馬ファンが集まった。しかし、それももうずいぶん前の話だ。マチカネと聞いて競走馬を連想する者は、今では年配の競馬ファンかよほどの競馬好きだろう。競馬ファンでもなく、当時はまだ生まれて間もないはずの大学生の繭子が、なんでマチカネフクキタルの名前を叫んでいるのだろう。私は訝った。

「繭ちゃん、何、見てんの？」

私はスマホをのぞき込んで訊いた。

「あ、ごめんなさい！　仕事中に」

「いや、それは全然かまへんねやけどな」

繭子は慌てて耳からイヤホンを外して教えてくれた。

「これ、『ウマ娘』いうて、ＹｏｕＴｕｂｅの動画。今、めっちゃ流行(はや)ってるんですよ」

「ウマ娘？　何、それ？」

「まあ、簡単にいうと、競馬の馬を擬人化したアニメ。それで、いろんなキャラクターの子らを競馬場で競走させてるんです」

「擬人化？　競走？」

「はい。メジロマックイーンとか、オグリキャップとか、タイキシャトルとか、ナリタブライアンとか」

どれも八〇年代や九〇年代に大活躍した馬ばかりではないか。そんな名馬たちの名前を繭子がすらすら言うので私はさらに驚いた。

繭子はスマホの画面を見せてくれた。

「こんな感じ」

たしかにいろんなコスプレをした子たちが大勢横並びになって競馬場の芝の上を走っている。なんだ、これは。

「そんな人気なん？」

「すごいんですよ。去年の年末にゲームアプリが出る予定やったんですけど、延期になって」

「で、マチカネフクキタルって？」

「この子、この子」

　繭子は一人の少女を指差した。セーラー服が可愛いと思った。

「この子が？　マチカネフクキタル？」

「はい。めっちゃ人気あるんです。占いとおまじないにハマってってね、実家は神社で」

　私は思わず笑った。「そんなキャラ、あるんや」

　繭子が見ていた動画が若い子たちに人気があるのが、なんとなくわかった。

「ところで繭ちゃん」

　私は好奇心に駆られて訊いてみた。

「そのマチカネフクキタルの、マチカネって名前やけど、この待兼山が由来やって、知ってた？」

「ええっ、そうなん！」

　繭子は先ほどの絶叫よりも大きな声を張り上げて目を丸くした。

「そうやねんで。このマチカネの名前がついた馬のオーナーは、細川さんていうてな、今や世界的企業の『ホソカワミクロン』の元会長や」

　繭子は身を乗り出した。

「で、なんで、それがマチカネ？」

「その細川さんはな、旧制の浪速高等学校の出身でな、今の大阪大学の前身や。つまり、浪速高等学校は、待兼山にあったんや。それで、細川さんは、待兼山の旧制高校時代を懐かしんで、自分の馬の名前に、マチカネの名前を冠したんやで」

「えっ！」繭子の瞳がさっき見せてくれたウマ娘の瞳のように十字になった。

「ほんなら、マチカネフクキタルのふるさとって、ここやん！」

そういうことになるなあ、と、私は答えた。そして繭子に、二十年ほど前はこの店にも競馬ファンがずいぶん訪れたという思い出話を語った。

「宝塚記念のある阪神競馬の前後なんかは、えらい盛り上がってなあ。宝塚記念は、ファンの人気投票で出走馬が決まるんや。みんなで、せっせとマチカネの名前がつく馬に投票してなあ」

「へえ。競馬にそんなん、あるんですね。推しに投票、ってことやね」

「まあそういうことやなあ。マチカネの馬は、宝塚記念ではいっぺんも勝てんかったけど。それでもみんなで精一杯応援したもんや。競馬中継のテレビの前で、さっきの繭子ちゃんみたいに、大きな声出してなあ」

へえ、と繭子は感心してみせた。

「私、競馬って、単なるギャンブルやって思ってました。競馬ファンって可愛いとこありますね」

大学生の繭子に可愛いと言われて、かつては結構競馬にハマっていた私は苦笑いした。しかし言われてみれば繭子の言う通りだ。馬券を買う、ということは、配当金目当てに賭けるということもあるが、その馬に、なんらかの自分の「思い」を託し、その「思い」を買っている。競馬にはそんなところがある。

「その頃は店でも、土日の昼間にはテレビで競馬中継、流してたよ。けどな、十五年ほど前から、よほど大きいレース以外は、店で競馬中継流すんは、やめたんや。競馬中継は競馬ファンにはええけど、競馬に興味のない、ゆっくりコーヒー飲みたいお客さんには、迷惑かな、と思うてな。それでもな、今でも、競馬ファンがこの店の名前に惹かれて、来てくれはるねん。マチカネフクキタルやマチカネタンホイザの子孫らが、今もけっこう活躍してるしね。それからもちろん、マチカネフクキタルやマチカネタンホイザをリアルで知ってるオールドファンもな。何十年かぶりにふらっと寄って、懐かしい顔見せてくれたりするよ。マスター、元気にしてるか、って」

繭子が私の顔を心配そうにのぞき込んだ。

「マスター、どうしたんですか。ちょっと、涙目なってますよ」

「え？　いや、そ、そんなことないやろ」

慌てて取り繕う私の心を、繭子はすっかり見透かしている。

「もう、九月で、この店、閉店ですもんねえ」

しんみりした声で言う繭子に、私は、返す言葉を思いつかなかった。

あ、それで思い出したけど、と繭子は声のトーンを平常運転モードに戻して言った。

「来月の十一日の、『待兼山奇談倶楽部』やけど、人、集まってますか？」

待兼山奇談倶楽部。

そうだった。最寄駅の「待兼山駅」の名称変更と、喫茶マチカネの閉店を機に、月に一回、待兼山にまつわる奇談を語り合う会を催そう、と常連客の沖口さんが提案したものだ。

第一回が来月、四月十一日に迫っている。あと二週間あまりだ。

「それやねん」私は腕を組んだ。「今のところ、話を聞きたい、いう参加希望者は結構いてるんやけど、話をしたい、ちゅう、希望者がおらんねん」

藺子はなるほど、とうなずいた。

「なかなか、奇談のある人、集まってくださいい、言うても、ハードル上がってるし、難しいんかも。やっぱり、最初は、こっちから、声をかけなあかんのかもですね」

「うん、それでな」と私は言葉を重ねた。

「今の、藺子ちゃんの話、聞いてな、一人、思い出したんや」

「話、してくれそうな人？　へえ？　誰ですか？」

「時任さんや」

「時任さん？」

「ほら、カレーの店、あるやろ。『ロッキー』」

「ああ、『ロッキー』のオヤジさん？」

「そう」

時任さんは、商店街のはずれで「カレーの店　ロッキー」という小さな店を営んでいる主人だ。もう七十を超えているのに元気で店を一人で切り盛りする時任さんは、喫茶マチカネの常連というほどではないが、時々、店にふらっとやってきてはコーヒーを飲んで帰る。

「今はそんなこともないけど、あの人も、一時は競馬にえらいハマっててな。待兼山で店を出しはった頃から、うちにも、よう来てくれた。それでな、僕、いっぺん、あの人から、不思議な話を聞いたことがあってなあ。その話を、してもらおうか、て、思いついたんや」

「それ、ええですね！」

繭子が乗ってきた。

「あそこ、私もたまに行くんです。時任さんの話、いつも面白いもん。けど、不思議な話？　そんなんあったかなあ」

「うん。まあ、とにかく、さっそく連絡とってみるわ」

私は、時任さんの携帯を鳴らした。

「あ、時任さん？　喫茶マチカネの今澤です。仕事中、すみません。えらい藪から棒なんですけど、ちょっと、お願いがありまして……」

2

そこは誰が名付けたか「待兼山パラダイス通り」というかなり振りかぶった名前がつけられている。

待兼山駅東口から歩いて二十メートルほどの路地の入り口にはその名が記された道標も立てられているが、地元の人間は誰もそんなオシャレな名前でこの通りを呼ばない。路地を入ると、小さな飲食店が並んだ後にすぐ突き当たりとなる。少し前までその突き当たりはレンタルビデオショップだったが、今はコンビニだ。その前を右に折れ、すぐ左に曲がった路地の右側に、「らんぷ堂書店」があり、その二階が喫茶マチカネだ。

四月十一日。木曜日。午後八時三十分。四月とはいえこの日は昼間もさほど気温は上がらず、日没後はセーターが欲しくなるほどの肌寒さとなった。しかし曇りがちの天気もこの時間になると次第に晴れ、夜空には綺麗な三日月が浮かんでいる。

「造幣局ではおとといから桜の通り抜けをやっとるけど、この寒さやと、人出も今ひとつやろな」

いつものカウンターの中央に陣取っているのは仁ちゃんだ。

「五月山（さつきやま）の桜も、すっかり散りそめやで。箕面の勝尾寺あたりやと、もうちょいいけるか」

「仁さん、無駄話はええから、椅子、並べるの、手伝うてくれへん？」

繭子が、華奢（きゃしゃ）な身体のどこにそんな力があるのかと思うぐらいしっかりと両腕で丸太の椅子を二つ抱えながら、その前を通り過ぎる。

「おお、ごめんごめん」慌てて仁ちゃんが立ち上がる。

通常は午後九時までの営業だが、この日は午後八時三十分で店をいったん閉め、午後九時からの「待兼山奇談倶楽部」の開催に備える。近くのパン屋「ほんまのパン」の主人、仁ちゃんだけが営業時間から店に居残っていた。二十人も入ればいっぱいになる喫茶マチカネだが、初回の開催に、二十八人の参加希望の申し込みがあった。サークル帰りの阪大生が大挙して来店した際に備え、店内にはいつも予備椅子としていくつか丸太椅子を厨房とカウンターの中に隠している。今日は予備の椅子がフル稼働だ。

客は三々五々、集まって来た。

商店街の常連客たちに交じって、真ん中のテーブルには五人の若者たちが陣取っていた。大阪大学の学生たちだ。繭子の知り合いらしい。客のほとんどは顔見知りだが、幾人か初見の顔もある。客席の中にごま塩頭がひとつあった。一階で書店の主人をしている兄の幸一だ。兄もこの日を楽しみにしていたみたいだ。

そして、あの階段の足音。沖口さんだ。

「やあ、こんばんは。沖口さん」

「こんばんは。とうとう初日を迎えましたね」

いやあ、楽しみです、と沖口さんはカウンターの隅っこに座り、仁ちゃんらと会釈を交わす。

「ところで、今日の主役の時任さんは？」

仁ちゃんが訊く。

「さっき電話したら、店を早よ閉めて行くつもりやったけど、珍しくギリギリまでお客さんが居てはったんで、今から店閉めて行くって」

そう答えて、私は柱の時計を見た。八時五十五分。椅子はすでにすべて埋まっていた。

時任さんのカレーの店は、西口の商店街のアーケードが切れた、あの青い橋の向こうにある。さほど遠くはない。歩いて五、六分というところだろうか。

「九時になったら、まずは僕が開会の挨拶をするわ。この会が生まれた経緯なんかをね。そうして時間、繋いでるうちに、来てくれるやろ」

私は仁ちゃんにそっと耳打ちした。

柱時計の針が午後九時を指した。

私は窓側にしつらえた話者のための席の脇に立ち、挨拶を始めた。

「皆さん、今夜は、ようこそ、待兼山奇談倶楽部へ――」

十分ほど私が話を繋いでいると、トン、トン、トンと階段を上がる靴音が聞こえた。

「えらい、すみません。遅なりまして」

頭を掻きながら入ってきたのは、時任さんだった。

3

えらい、遅うなって、すんませんでした。私、最近、膝を悪うしましてな。ちょっと、歩くのに、時間かかるんですわ。なにせ、今年、七十五ですさかい。そらあ、あちこち、痛いとこが出てきます。近所の病院で診てもらいましたら、手術した方がよろしいんちゃいますか、尼崎にええお医者さん知ってますから紹介状書きますよ、言われまして、どうしたもんかなあ、と……。あ、今日は、そんな話やなかったですな。

今日は、こちらのマスターの、今澤さんからお声がけいただきまして、やってきたんですが、ほんまに、私の話で、よろしいんやろか。奇談、ちゅうことですけど、果たして皆さんに満足していただけるような話なんか、どうか。どうにも、心もとないんですけどね。それとね、この話、実は、まだ、今澤さんにしか、喋ったことのない話なんですわ。

秘密にしてきた、言うわけやないんですけど、どことのう、私の心の中に仕舞っといた方が、ええかなあ、と思うてましてね。それが、あの今澤さんちゅうのは、聞き上手、ちゅうんですか。ある日、この喫茶マチカネに、私と今澤さんしかおらんときに、ひょんなことから、その話を今澤さんにすることになりましてね。ほんま、酒も飲んでないのに、うまいこと喋らせはりますわ。

それが、もう何年も前のことで、そこへ持ってきて、先日の今澤さんからの電話ですわ。あの話をしてくれ、と。私、最初は断ろ、思たんですわ。けど、この、喫茶マチカネも、今年の秋まで、ちゅうのも聞いてましたしね。これも何かの縁かなあと思いまして、今夜はのこのこやってきた次第です。まあ、年寄りの思い出話や、思うて、気楽な気持ちで聞いてくれたらと思います。

ああ、ご挨拶が遅れました。私、待兼山の商店街のはずれで、「カレーの店　ロッキー」いうのんを一人でやっとります。時任言います。

＊

私はカウンターの中から店内の客の様子を窺った。みんな時任さんの親しみやすい口調に引き込まれているのがその表情でわかった。私は安堵して、時任さんの話に集中した。

＊

ロッキーはね、カウンターが三席、テーブルが一席で、お客さんが五、六人も入ったらいっぱいになるような、猫の額ほどの小さな店ですわ。もっとも、店のトレードマークは、アライグマですけどな。あ、今笑うてくれはった人らは、来てくれたことある人ですな？

嬉しいなあ。お顔、覚えときます。今度、来てもろたら、サービスさせてもらいます。

それで、まず、なんでこんな年寄りが一人でこの待兼山でカレー屋、やってるか、ちゅう話からしていかなあかんのですけど、ここ、端折ってしまうと、後の話が、ちょっとわかりにくうなるんで、ちょっとの間、おつきあいくださいますか。

私、ちょうど終戦の前の年の一九四四年、昭和で言いますと、十九年の生まれなんですわ。出身は、九州の宮崎の市内でしてね。高校を卒業して、地元の銀行に勤めました。

母親と教師の勧めでね。とにかく金融機関は堅い。間違いない、言われてね。もう就職が決まった時は、母親、赤飯炊いて喜びましたわ。就職したのは一九六三年、昭和三十八年です。東京オリンピックの前の年で、日本は景気もよろしかったんですな。

ところが、宮崎なんか田舎ですやろ。そこへ持ってきて、勤めてるのが銀行ですから。堅い、堅い。行員はみんな髪の毛なんかビシッと七三分けで、夏でも背広着て外回りですわ。けど私は、まあ、ちょっと、心の中では不良、ちゅうのに憧れるちゅうんですか、世の中からはみ出たようなことが好きでね。まだその頃は顔にニキビの残ってるような年齢ですからなあ。カミナリ族、とかいうて、同世代でオートバイ飛ばしてる連中が、心の中では羨ましかったですわ。けど、そんなこと、銀行員が、休みの日でもできません。オートバイどころか、休みの日にはおちおち喫茶店にも入れません。ちょっとでもおかしなこと言うたり、したりしたら、たちまち悪い噂が立つんです。田舎、いうのは、そんなとこです。で、休みの日は何してたか、言うと、ずうっと、家に籠もって、トランジスタ・ラジオ、聴いてましたわ。一番よう聴いてたのは、文化放送の『9500万人のポピュラーリクエスト』いう番組です。文化放送は東京のラジオ局ですけど、当時、宮崎でもこの番組が聴けたんですわ。

それでね。忘れもしません。あれは銀行に勤めて一年ぐらいの、一九六四年の二月でした。ラジオから、とんでもない音楽が聞こえてきよりました。

ビートルズの「プリーズ・プリーズ・ミー」ちゅう曲です。ラジオからあの曲が聞こえてきた時の衝撃は、今も忘れられません。ベタな言い方ですけど、カミナリに打たれた、ちゅうのは、あのことですな。これまで聴いてたアメリカンポップスやロックンロールと、まるっきり違う。聴いたことのない音楽やった。私は、たちまち夢中になりました。

仕事が終わったら、部屋でラジオにかじりついてね。それが唯一の楽しみでした。

それからすぐに、ビートルズの新しい曲がラジオから流れました。「抱きしめたい」です。これがまた、ええ曲でね。私、大げさやなしに、思わずラジオを抱きしめましたよ。今はこんな年寄りでも、あの頃は、まだ紅顔の美少年でしたからなあ。ああ、少年は言い過ぎか。十九やからね。美青年ですか。それも言い過ぎか。まあまあそれはええとしまして、で、四月には「シー・ラヴズ・ユー」と「ツイスト・アンド・シャウト」。それで、五月になると、初めて「プリーズ・プリーズ・ミー」がランキング一位になって、今言うた三曲も、全部トップ10にランクインしてね。その月に「キャント・バイ・ミー・ラヴ」もランクインしてきて、なんと、トップ10のうち、五曲がビートルズですよ。二月にラジオから初めて聞こえてきて、わずか三ヶ月ですよ。五月は、私の誕生月でしてね。私、二十歳(はたち)の誕生日を、ラジオから聞こえてくるビートルズと一緒に迎えましたよ。

けどね。勤めてるのが銀行でしょ。

会社や外で、ビートルズ、聴いてる、ましてや、好きや、なんて、誰にも言えません。口が裂けても言えません。今では想像できんと思いますけど、当時、ビートルズ聴いてる、なんか言うたら、不良もええとこですわ。あんなもんは人類進歩のためにならん、人類を堕落させるもんや。なんやあの髪型は。マッシュルームカット？　変態やあいつらは。そんな声ばっかりでした。そやから私は、絶対に誰にも言わんと、部屋に籠もって黙って一人で聴いてました。

それでね、私、ビートルズのメロディも好きなんですけど、聴いてるうちに、歌詞にも興味持ちましてね。きっかけは、「抱きしめたい」ですわ。

あの歌ね。日本のタイトルは「抱きしめたい」ですけど、原題は、「アイ・ウォント・トゥ・ホールド・ユア・ハンド」ですよ。これね、直訳すると、「君の手を握りたい」ですよ。手、握りたいだけなんですわ。その気持ち、当時の私には、ようわかりました。これは、初恋の歌なんです。最初の恋心なんて、そんなもんです。手、握りたい。それだけです。ビートルズは、そんな気持ちを歌うてるんです。ところがですよ。それが、日本では「抱きしめたい」ですよ。

いやいや、「抱きしめたい」て。それは、行き過ぎやろ。手、繋ぎたいだけやろ。

と、当時二十歳の私は、思うたんですわ。そこからです。ビートルズは、ほんまはなんて歌うてるんやろ、と気になって、調べだしたんです。もちろん、聞き取りなんかできるほどの英語力、ありません。それで、レコード屋に行きました。レコード買うたら、歌詞カードがついてるやろう、と思うてね。とは言うても、地元のレコード屋には行けません。私がビートルズのレコード買うたことが知れると、大げさやなしに、銀行の信用にかかわるんです。あんな行員を雇うとるんか、と。まあ、この例えが合うてるかどうかはわかりませんけど、地元の本屋でかなりどぎついエロ本とか買うようなもんですわ。そやから、勤務してる地域とは別の、ちょっと離れた駅のレコード屋に行ってね。ところがね、宮崎のレコード屋には、ビートルズのレコードが置いてないんですわ。当時の田舎の町のレコード屋、いうのは、そんなもんですわ。あれだけ、ラジオでは、かかってるのにですよ。それでね、わざわざ知らない町のレコード屋で注文して、一週間ほど待ちました。

やっと届いたレコードは、オレンジ色のジャケットでね。三百三十円でした。

ところがここでまた難題が待ち受けてました。中の歌詞カードを見ると、英語の歌詞は入ってたけど、日本語の訳詞はなかったんですよ。それで仕方ないから一生懸命、辞書引いて訳しましたよ。そうするとね、やっぱり、君と手を繋ぎたい、までしか言うてないんです。

私はね、声を大にして言いたかった。手を繋ぎたい、としか言うてないビートルズの、どこが不良やねん、と。

そこから私は、ビートルズの歌は、自分で辞書引いて訳す癖がつきました。それで、ますます、私はビートルズが好きになっていったんです。

そうして、あれは一九六六年の四月でしたか、私も入社して三年が経ってました。二十一歳ですね。ラジオ聴いてたら、なんと、六月に、ビートルズが日本に来る、言うやないですか。

東京だけで五公演です。六月三十日木曜日の夜、七月一日金曜日と二日土曜日の昼夜。全部平日です。当時は土曜日も普通に会社員は働いてましたからね。私は、観に行きたかった。

実は、チケット、持ってたんです。チケットの販売は、往復葉書の抽選でした。私はそれに応募して、当たってたんです。最終日、二日の土曜日の夜の部のチケットです。もう、天にも昇る心地でしたよ。チケットは、二千百円。当時、月給は二万円もありませんでしたから、結構な値段です。

それで、前日の金曜日の昼、私は、宮崎駅まで、行ったんです。当時、東京行きの直通列車は特急の寝台列車「高千穂（たかちほ）」。宮崎駅を昼の二時ごろに出て、東京に着くのは、翌日の夕方、五時ごろ。どうやっても、宮崎からやと、金曜日の昼からの勤務と土曜の勤務を休まなあきません。それに、翌日、午前に東京を出ても、「高千穂」が宮崎に着くのは、次の日の午後です。月曜日も、休まなあきません。合計、三日、休まなあかんのです。

もちろん、私は、会社には嘘（うそ）の理由を言うて休みを取ってました。

けど、宮崎駅に着いた時に、私は思うたんです。この嘘は、バレるかもしれん。

当時、地方の高校生たちが学校を休んでビートルズを観に武道館に行く、みたいな情報が出回って、もし行った場合は退学処分にする、と発表してる高校もある、ってことが新聞にも載って、社会問題化してたんです。ちょうどビートルズが来日しているその三日間に、私が会社を休んだ、となると、後でそれを会社が嗅ぎつけるかもしれん。もし発覚したら、私はおそらくクビです。

一瞬、その不安が頭をよぎったんです。父親を早うに亡くして、パーマ屋をしながら女手ひとつで私を育ててきた母親の顔がよぎりました。

私に、その不安を振り払う勇気は、なかったんです。

結局「高千穂」には乗らんと、宮崎駅から家に戻りました。翌日、嘘で言うてた休みの理由が変更になった、と会社に出ました。三日ほどして、ビートルズのライブの録画放送がテレビでありましたけど、テレビでビートルズが「ロック・アンド・ロール・ミュージック」を歌うてるのを観て、大きな後悔が襲ってきました。やっぱり、行ったらよかった。会社はクビになっても、また働くとこは、どこかにある。けど、ビートルズが生で歌うのを観ることは、もう、二度とできん。そう、一生。そんな思いが私を苛むんです。私はたまらん気持ちになって、テレビのスイッチを切って、布団をかぶって泣きました。

日本でビートルズの人気が高まったのは、あの来日以降です。それでビートルズのレコードが田舎のレコード屋にも入るようになって、私は、レコードが発売されるごとに、また電車に乗って、買いに行きました。ちょっと、遠い町のレコード屋にね。

それからはもう、レコードで、それこそ針が擦り減るほど聴きました。アルバムは、全部、買うて、聴きましたね。それでも私は、その後もビートルズのファンであることを誰にも言わずに、サラリーマン生活を送っていました。

＊

私はそこまで時任さんの話を聞いて心配になった。ビートルズの話が延々と続いている。なんで時任さんがそこまでビートルズの話をするのか、私にはその事情がわかっている。しかし、集まったお客さんは、何もわからないのだ。

時任さんの話は、ちゃんとお客さんに届いているのだろうか。

私は小声で、カウンターの中の繭子に訊いてみた。

「この話、わかる？」

繭子は無言で大きくうなずいた。そして口元に人差し指を立てた。

黙って聞け、という合図である。そうして、お客さんの方を指差した。

びっくりしたのは、繭子と同じ世代の阪大生たちが身を乗り出して時任さんを食い入るように見つめていたことだ。自分たちの祖父母の世代が語るビートルズの話が、彼らに届いていることが私には嬉しかった。

＊

転機が訪れたのは、三十歳の時です。銀行を辞めました。もう宮崎にいるのが、芯から嫌になりましてね。とにかく、宮崎におったら、目立つんですよ。私はね、身長が百八十二センチあるんです。そういう意味で目立つ、いうのもあるんですけど、たとえば、街で女の人と歩いてるだけで、バーッと噂が広がる。私は別にええんですけど、当時は、女性は結婚するまで処女は守らなあかんという考えです。そやから、噂が立つと、女の子の方に傷がつく。デートするなら、結婚する覚悟ですよ。ましてや私は銀行員でした。人との付き合いにも十分注意せなあかんかった。ちょっと今ではわからん感覚かもしれませんけど、銀行員と知り合いや、と人に知られとうない人も、なかにはいてる。街で人と挨拶するのにも気を遣うんです。そんなこんなで、毎日毎日が、息が詰まりそうになりましてね。

たった一度の人生、これでええんか。それで、三十になったのを機に、人生、変えよう、思いました。二十二歳の時にできんかった決断が、三十歳の時には、できた。

母親を説得しました。そして大阪に出てきました。それで、伝手（つて）を頼って、大阪にある、ビール会社が経営するレストランで働いたんですよ。仕事は、いわゆるビアボーイ。注文係ですな。ちょうどその店は梅田新道（うめだしんみち）の、北新地（きたしんち）の近くでね。いろんなお客さんが来ましたわ。けど、私には、その仕事が面白かった。少なくとも銀行員の仕事よりは、はるかに。

ビートルズは、解散してましたな。

ちょうどあの頃ね、そのレストランの近くに、「大毎（だいまい）地下劇場」いう、映画の二番館がありましてね。そこで、『レット・イット・ビー』いう、映画観ました。ビートルズが解散する直前に撮られた、ドキュメント映画です。『イエロー・サブマリン』との二本立てでした。

私、その映画、ビアレストランのバイトの女の子と観に行きました。女の人と、初めて二人で観に行った映画です。それで、その映画の帰り道にね、私、その女の子の手、握りました。映画館の中ではよう握らんかったけど、帰り道に、握った。そうして二人で手を繋いで、中之島（なかのしま）公園を歩いた。

それが、今の奥さんです。

そうそう。人生で、カレーの美味しさを知ったのも、その年です。

それはね、ビアレストランの、中田（なかた）さんていうコックに教えてもろたんです。というても、そのレストランのメニューに、カレーはありませんでした。コックが、私たちの賄いで、カレーを作ってくれたんです。そのカレーが、絶品でね。カレーって、こんな美味（うま）いもんか、と思いましたよ。

もともと私は、料理、いうほど大層なもんやないですけど、子供の頃から自分で食べるぐらいのもんは、自分で作って食べてました。というのも、さっきもちょっと言いましたように、私の父親は私の子供の頃に死んで、母親がパーマ屋さんをやってましたんでね。それで、母親は忙しいてね。私は一人っ子で、子供の頃から、自分で自分の食べるもんを作って食べてたんです。けど、そこに、カレーはありませんでした。カレーって、今でこそ手軽に誰でも作れますけど、私らの子供の頃は、固形のルーというのがまだ宮崎の店には売ってなかった。そやから一般の家庭では、カレーはまだまだ身近なもんやのうて、家で手軽に作るもんやなかったんです。

私が大阪で働きだした頃には、レトルトのカレーがぼちぼち出だしてましたけど、中田さんは、これまでいろんなホテルの厨房を渡り歩いてきたコックで、その味は、レトルトと全然違う。ほんまに、美味しかった。それで私は、中田さんに、そのカレーの作り方を教えてもろたんです。

それが後々、今の私の店、「ロッキー」で出してるカレーの味に繋がるんです。

でも、私がカレー屋を始めるまでには、まだだいぶん、時間が必要でした。

というのも、結婚した翌年、娘が生まれたんです。

この娘が、脳に障害がありましてね。

それで、私ら夫婦の人生は、変わりました。

もちろん、苦労はありました。奥さんは、結婚してからも仕事を持ってましたが、娘の介護のために仕事を辞めました。けどね、私ら夫婦は、娘に障害があったことで、本当に、人生でいろんなことを学びました。そのひとつが、「待つ」ちゅうことです。

娘が生活の中で、あかんことをしたら、私は、目を見てきちっと怒ります。そうするとね、娘は、うつむいて、しばらくは、じーっと黙ってるんです。その間、こっちは、何も声をかけません。ただ、じっと待つんです。そうしたらね、娘は、ふっと、顔を上げて、わかった、いう顔をするんです。その間、娘なりに、ずっと考えてるんですね。それは、健常者の時間の感覚とは、ちょっと違うんです。でも私は、その、待ってる時間というのが、ものすごく豊かな時間のように思えてね。

それは、娘から学んだことです。

他にも、娘から学んだことは、今日、この時間ではとても言えんほどたくさんあります。

娘は、私たち夫婦の人生を、豊かにしてくれた。私はね。もし、生まれ変わることができるなら、娘と一緒に、今までと同じ人生を歩みたい。そう思うんです。

そうして娘と一緒に生きていくうちに、私は、障害者の生き方について、いろいろ考えるようになりました。特に、障害者の働く環境についてです。

それで、娘が養護学校を出て、障害者ばかりが働く作業所で働くことになった時、私は、奥さんとも相談して、働いてたビアレストランを辞めることにしました。

それで、パン屋を始めたんです。

私も、障害者のために何かしたかったんです。それで始めたのが、ベーカリーでした。ベーカリー、つまりパン作りは、障害のある人たちが働きやすいんです。それで、私は兵庫県の川西(かわにし)の方で障害者の就労を支援するベーカリーを作って、軽自動車で彼らの作ったパンの移動販売を始めました。四十五歳の時でした。

そうして、パン屋の仕事と、障害者支援の仕事を、二十年やりました。

気がつくと、私は、六十五歳になってました。

その時、私は思うたんです。パン屋の仕事も、もう軌道に乗ってるし、ここで、もういっぺん、新しいことするのも、ええなあ、と。

その時に思い出したんが、ビアレストランで働いてた時に、コックの中田さんが作ってくれた、あのカレーです。そうや、あのカレーを作ろう。カレー屋をやろうって。

そう決めたのが、二〇一〇年です。

そうして、見つけた場所が、ここ、待兼山です。

待兼山は、パン屋をやってた頃から、馴染(なじ)みがあったんですよ。

皆さん、ようご存じと思いますけど、ちょうどこの商店街の中に、「ほんまのパン」いうて、ものすごう美味しいパンを作る店がありましてね。私もその噂を聞きつけて、うちで作るパンの、何かヒントはないやろうか、と、訪ねて行ったんが、待兼山の街を知ったきっかけです。ああ、今日は、「ほんまのパン」の本間さんも、来てくれてはりますなあ。本間さん、その節は、えらいお世話になりました。

待兼山駅には、それまでいっぺんも降り立ったことはなかったですけど、商店街を歩いた時に、他ではすっかりなくなってしもた昭和の雰囲気が漂ってて、ええ街やなあ、と思いました。それで、この「喫茶マチカネ」を知ったのも、その頃です。なんかホッとするええ店で、気に入りました。

それで私は、この街でカレー屋をやろう、と決めました。

わずか数坪のものすごい小さい店ですけど、その分、手頃な値段で借りられる物件も見つけて。

それはええんですが、悩んだのが、店の名前です。

いろいろ考えたんですが、なかなかええのが思いつかん。

そう、あれは、忘れもしません。二〇一〇年の、七月でしたな。

私はここ、喫茶マチカネで、そこのカウンターの席に座って、アイスコーヒー飲みながら、ああでもない、こうでもない、と、天井睨(にら)みながら、ウンウンと店の名前を考えとったんですわ。で、ふっと目を落とすと、その時にね、カウンターの横の席の椅子の上に、スポーツ新聞が置いてあったんです。四つ折りになってて、競馬レースの面が開いてました。私はその新聞を何気なく手に取ったんです。いえ、競馬なんか、一回もしたことないし、興味なんかないですよ。あの時、なんで、あのスポーツ新聞を手に取ったんか、今でも不思議なんですけどね。とにかく、その時、目に飛び込んできた馬の名前がありました。たしか、小倉(こくら)の4レースの、二歳の新馬戦ですわ。そこにね、

「ロッキーラクーン」

ちゅう名前の馬が載ってたんです。

その馬には、ひとつも予想の印が付いてませんでした。十頭立ての、十番人気です。新馬戦、つまりは、晴れのデビュー戦やのに、まったく人気がない。

私、その時、思いついたんです。

そうや。店の名前は、「ロッキー」にしよう。そう決めたんです。

人気がまったくない、ちゅうのが、判官贔屓(ほうがんびいき)の、私のひねくれ心に火をつけた、ちゅうのもあります。

けど、それだけやない、大きな理由がありました。

ビートルズにね、「ロッキー・ラクーン」っていう歌があるんですよ。ビートルズファンの間では、通称「ホワイト・アルバム」って呼ばれるアルバムがありまして。私の、一番好きなアルバムです。

パン屋やってる時にも、パンを運ぶライトバンのカーステレオで、このアルバムばっかり流してました。その中でも、一番好き、というてもええ歌が、この「ロッキー・ラクーン」なんです。歌詞が、面白いんですよ。一言で言うと、恋人を寝取られた男が、寝取った男を銃で撃とうとして返り討ちに遭う話でね。いわゆる、ノベルティソングっていうんですかな。歌の中に物語があるんですよ。メロディは飄々(ひょうひょう)とした感じなんですけど、どっか、心がキュンと切のうなるようなとこもあって。歌詞にも、ペーソスがあってね。

ロッキー・ラクーンっていうのは、返り討ちに遭った男の名前です。これ、ポールの作詞でね。多分、語呂がええからというような思いつきで、名前をつけたと思うんですけど、直訳すると、「ロッキー山脈のアライグマ」ですよ。

ロッキー山脈、ちゅうと、四千メートル級の山々が、五千キロにもわたたって連なってる、堂々とした山脈ですよ。それに比べて、この街にある待兼山は、標高八十メートル足らずです。そんな土地の、わずか数坪の小さな店に、ロッキーちゅう、壮大な名前をつけるちゅうのは、ええなあ、と、その時ひらめきましてね。

あとね、当時私は競馬はやらなかったけど、ここの待兼山に由来する、マチカネを冠につけられた馬がぎょうさんいてる、いうのは、ここのマスターとかに聞いて、知っとりました。

大きなレースを制した有名な馬も何頭もいてる、いうこともね。

それで、私は思うたんです。そうか、待兼山にちなんだマチカネがぎょうさんおる中で、こっちはロッキー。ロッキーラクーンや。今は人気も実績もないけども、志だけはマチカネに負けんぐらいにでかいぞ、と。そんな思いを込めて、店の名前を「ロッキー」にしたんです。

で、店のトレードマークが、アライグマ。これはもう、説明の必要は、おませんな。

そうして二〇一〇年の七月の終わりに、「カレーの店　ロッキー」はオープンしたんです。

店内のBGMは、決まってます。

午前十一時から午後九時まで、十時間、いつでもずっと、ビートルズです。

宮崎におった頃、こっそり隠れて聴いてたビートルズを、今は誰はばかることなく、心置きなく、大音量でかけてるんです。

店は、おかげさんで、開店から今まで、ぼちぼちですけど潰れんとやってます。

お客さんのためにカレー作るのは、楽しいですよ。私、もともと凝り性なもんでね。ハマると、とことんハマるんですよ。うちに来てくれてるお客さんはようご存じと思いますけど、カレー作りは、奥が深い。ハマりましたなあ。

それでね、あの頃、私には、もうひとつ、ハマったことがありましてね。それが、競馬なんです。さっきも言うたように、それまで競馬なんか、一回もやったこと、ありません。けど、ロッキーラクーン、いう名前の馬がおる、と、その時、知りましたからね。

その時、私、思うたんです。この先、ずっとこの馬、応援しようって。最初に偶然スポーツ新聞でその名前を見つけた時は、新馬戦でしたから、まだ一勝もしてないけど、この先、勝っても負けても、この馬が引退するまでは、ずっとロッキーラクーンの馬券を買い続けようってね。「カレーの店　ロッキー」も、この馬が引退するまでは、絶対に続けるぞってね。どっちが長いこと走ってられるか、競争や、ってね。

時計を見たら、発走時刻までは、まだあと一時間ぐらいある。それで、あの日の私は喫茶マチカネを飛び出して、待兼山から電車に飛び乗って、梅田のWINSまで行きました。急行に乗ったら、十五分ぐらいですからね。

新馬戦で走るロッキーラクーンの単勝馬券を、千円買いました。

単勝は、ちょうど百倍。一着なら、十万円です。万馬券。なんせ、十頭立ての、十番人気ですからなあ。

結果は、六着でした。WINSのモニターで観てましたけど、スタートからゴールまで、中団の馬群に紛れたままで、ええとこなしでしたな。けど、私はそれで、余計にこの馬を応援する気になりました。まあ十番人気で、六着やったら、上出来やないか。次がある。次がある。絶対に、この馬を、買い続けようってね。

＊

わかる。わかる。わかるわあ、と、傍で繭子がつぶやいた。

あの日は、ウマ娘のマチカネフクキタルを絶叫して応援していた彼女だった。でも、もしかしたら、彼女の心の中にも、推しているアイドルか誰かがいるのかもしれない。

私は、仁ちゃんの顔を見た。

話の中にもあったように、時任さんと仁ちゃんは、時任さんのパン屋時代からの知り合いだ。仁ちゃんは時任さんの話も本人からいろいろ聞いているはずだが、競馬の話は初めてのようで、話の途中で、ほう、と何度も意外そうな表情を見せた。仕事一途で真面目な印象の時任さんが競馬の話を始めたことが思いがけなかったのだろう。カウンターの椅子に尻を半分乗せ、上半身を前に傾けてかぶりつくように聞いている。普段は大声で陽気に喋る仁ちゃんの真剣な表情を、私は久しぶりに見た。

そして、沖口さんを見た。

じっと腕を組んで、うつむきながら目を瞑っている。

その表情からは、関心を示しているかどうかは窺えなかった。

時任さんの声が聞こえて、私は再び彼の方を見た。

＊

店の方はすでに保健所から営業許可を取ってたんで、「カレーの店　ロッキー」はそのレースからちょっと後の七月の末にオープンしましたけど、初日のお客さんの入りは、予想の、五分ぐらいの感じでしたな。まあ、もしかしたら一人も来えへんのちゃうか、という不安もあったし、そういうたらロッキーラクーンも十番人気で六着やったし、似たような感じやな。まだまだこれからや。そう思うとやる気が出ました。

ロッキーラクーンの次のレースは、三週間後ぐらいやったかな。「週刊競馬ブック」で出走レースを調べてね。またWINSに行きました。その日はちょうどお盆で、店は休みやったんで、買いに行けたんです。同じ小倉で、今度は、未勝利戦です。新馬戦で勝てんかった馬ばっかりが集まって走るんです。同じく十頭立てで、今度は七番人気。

私はまた単勝を買いました。オッズは、五十倍ぐらいやったかな。

このレースも、ええとこなしでした。八着かな。しかも勝った馬からは、相当離されてました。そのあと小倉でもう一回出てきて走りましたけど、そのレースも、ぱっとせんかった。ええとこなしの、三連敗。

それまで競馬なんか全然知らんかった私ですけど、その頃から、ちょっとずつ勉強しだしましてね。一口に競走馬というても、馬にはそれぞれ得意の戦い方があるのがわかってきました。スタート直後から一気に飛ばしてそのまま逃げ切ろうとするのが「逃げ」。前半ええ位置につけといて、後半にそこから抜け出して勝とうとするのが「先行」。

前半は中団から後ろあたりのグループで余力を残しながら、終盤、駆け上がってくるのが「差し」。前半、最後方におって力を溜めに溜めて、終盤、一気に駆け上がって他馬をごぼう抜きして勝とうとするのが「追い込み」。

ロッキーラクーンの脚質は、直近の二レースを見てると、どうも追い込みタイプみたいでした。私はその戦い方が好きでした。私も、人生六十五歳にして、新しい道を歩き出した人間です。これまでの人生が、沈んでた、とは決して思いませんけど、まだまだ力は残してるで！　人生まだまだ、これから追い込むで！　という気持ちが自分の中にもありましたから。

ロッキーラクーンは追い込みタイプではあるんやけど、結局、終盤、溜めた力を活かしきれずに、そのままレースが終わる、いうのが、これまでの戦いぶりでした。

けど、まだまだ二歳です。いつかその脚が爆発する時が来る。そう信じました。

九月になると、レース場が小倉から阪神競馬場に変わったんです。それで、私、仁川の阪神競馬場まで見に行きましたよ。ここからは、電車乗ったら宝塚で乗り換えてすぐですからな。ロッキーラクーンの出走は第一レースで、午前十時過ぎから。店を開ける前に、行きました。

パドックっていう、馬がウォーミングアップで歩いてる場所まで行ってね。

栗毛の馬や、いうのは、デビュー戦をモニターで見てたから知ってたけど、直近で実際に見ると、その栗毛が、本当に綺麗でね。私、競走馬を生で見る、いうことが初めてでしたから、その美しさに惚れてしまいました。牡馬なんですけどね。

私、ロッキーラクーンに話しかけましたよ。

「おいロッキー、前のレースは、ひどかったなあ。今日は、ええとこ見せてくれよ。負けてもええから、ちょっとは見どころのある、レースをな」

私の話を聞いてるんか聞いてないんか、ロッキーラクーンは、まだ二歳やのにどことのう憂いのある大きな目を覆うほどの、長い長いまつ毛を、ゆっくりと何回も瞬かせたあと、プイと尻を向けて歩いて去って行きました。

その日のオッズは十一頭立ての十一番人気で、単勝は、二百五十倍くらい。ダントツ最下位です。レースはこれまでと違って、スタートから前の方の位置におりました。競馬場のモニター画面で、騎手が懸命に手綱を引いてるのが見えましたから、おそらくは騎手の思惑と相反して、前に行きたがったんでしょうね。結果、後半ズルズル下がって、最下位の十一着。ええとこなしの、四戦四敗。

心なしか、うなだれて競馬場を後にするロッキーラクーンを、遠くのスタンドから見て、私は、その時、ちょっと後悔しました。あの時、パドックで、私が、ちょっとはええとこ見せてくれ、言うたから、あいつは、騎手の思惑に逆ろうてまで、早めから前に行きたがったんとちゃうかなあ、って。やっぱり、おまえは、後ろから行く方がええ。いらんこと言うて、悪かったなあ。

それでも私はロッキーラクーンの馬券を買うのをやめませんでした。

毎回WINSに行けるわけやないんで、電話でも馬券を買える方法を覚えてね。店にお客さんがおらんときは、テレビの競馬中継も観てね。

けど、そこからもロッキーラクーンは、全然奮いませんでした。後方で脚を溜めたまま、追い込みが不発に終わるという、いつもの負け方でした。

その年の未勝利戦を負けに負けに負けて、年も明けて、三歳になっても、負け続けました。気がついたら、デビューからまる一年経ってて、九戦九敗。最高順位は、デビュー戦の、六着から上がることはありませんでした。

そして十戦目は、最初に走った、夏の小倉です。

十八頭立てで、予想は十八番人気。単勝オッズは、よう覚えてます。二百九十三倍です。一着になったら、二百九十三万円。誰にも期待されてないんです。

私は単勝を、一万円、買いました。

当ててお金が欲しかったわけや、ありません。負けに負けに負け続けたけど、私は、競馬雑誌でロッキーラクーンの名前を見つけるたびに、まだ走ってる。まだ頑張ってる。私も、あとちょっと頑張ろう。そう思って、毎回、馬券を千円、買いました。私は、ロッキーラクーンっていう名前のついた、私の夢に、千円、賭けてたんです。

そのレースに一万円賭けたのは、これまで一年間、夢を持たせてくれて、ありがとう、という気持ち、と、言うと、カッコええですけどね。実際は、別れる女への、手切れ金……と言う方が、近いかな。

というのもね。

その日の夏の三歳未勝利戦でも勝てんかったら、規則ではもう未勝利戦に出ることはできません。もしこれからも現役を続けるのなら、一勝馬クラスのレースに登録して出るしかありません。けどそれは、現実的やありません。

負ければ、待ってるのは、引退。

競馬初心者の私にも、それぐらいは、わかってました。

十戦目のロッキーラクーンの着順は、十七着。スタートからゴールまで、位置が変わることは、ありませんでした。レース終了後のロッキーラクーンの姿は、テレビの画面には映りませんでした。

私はそれから、競馬雑誌と競馬新聞を買うのをやめました。もちろん馬券も。テレビで競馬中継も観ません。

その後、ロッキーラクーンがどうなったか。厩舎（きゅうしゃ）とかに問い合わせたらわかるんでしょうけど、私は、よう聞きませんでした。

皆さんに、この感覚を、わかってもらえるかどうか、わかりませんけどね。私はそれから、身体の半分がちぎられてどこかに持って行かれたような感覚になりました。夢の中に、ロッキーラクーンが、しょっちゅう出てくるんです。

どこかの牧場でしょうかね。あの長いまつ毛で、じっと私を見おろしてるんです。あるいは、どこかの競馬場のターフで、颯爽（さっそう）と先頭を切って走ってゴールしてるんです。

おお、ロッキー！　やったやないか！　これで、引退せんで、ええな！　私は誇らしげなロッキーの顔を両手で挟んでポンポンと叩（たた）きます。

目が覚めて、ああ、夢か、と思うんですけど、そんな朝は、起きてからもしばらくは、ロッキーラクーンのことを考えてるんです。朝、カレーの準備をしながら、ね。

あの馬が、自分の中で、そんなにも大きな存在やった、いうのが、自分でも意外でした。

さっきも言いましたように、私の店では、朝十一時から夜九時まで、ずっとビートルズがかかってます。ビートルズの曲ばかりがかかる有線放送を流してるんですけどね。たまに有線放送から、「ロッキー・ラクーン」が、流れてくるんですよ。

その時、涙がボロボロ溢（あふ）れ出てきて、仕方ないんです。あの切ないメロディが……。

いつも、お客さんに突っ込まれました。どないしはったんですかって。

そのたび、いやあ、玉ねぎ切ってたら……って、言い訳してました。

この感覚、わかってもらえますやろかなあ。

それから、また、年が明けました。私はようやく、少しずつ、ロッキーラクーンのことを考えんでも暮らせる日が増えてきました。それでも、有線から、あの曲が流れてくると、もうあかんのですけどね。

二〇一二年の五月九日。私は、六十八歳になりました。

店の方は、あと二ヶ月で、二周年。お客さんもぼちぼちついてきて、なんとか潰さんとやっていけてました。

誕生日も、いつも通り、一人で店を切り盛りしてました。

その日はお昼時を過ぎると、ぱたっと客足が途絶えましてね。まあ、小さい店なんで、そんなことはしょっちゅうあるんですが。そんな時は、私は、一向に苦になりません。有線から流れてくるビートルズを、ゆっくり聴けますからな。

店にはお客さんが一人だけ。黙ってカレーを食べてます。そうして有線から流れるビートルズを聴いてましたら、有線から、あの「ロッキー・ラクーン」が流れてきたんです。

私は、不意を突かれて、また、泣いてしもたんです。

そっと厨房の陰に隠れましたが、泣いてるとこを、お客さんに見られてしもうてね。

「どうしたんですか?」

カレーを食べるスプーンを止めてそう訊くお客さんに、私は、すみません、と謝ることしかできませんでした。

「この曲に、思い出がありましてね」

へえ、とお客さんは関心を示しました。

「なんていう歌ですか？」

「『ロッキー・ラクーン』っていう曲です」

「誰の曲ですか？」

そのお客さんは見たところまだ二十歳そこそこぐらいの、茶髪の若者でね。さっきから「イエスタデイ」とか「レット・イット・ビー」とかビートルズの有名な歌が何曲か流れてるのに、それがビートルズの有線放送やとはわからんかったんですな。「ロッキー・ラクーン」がビートルズとわからんのは当然です。私は、「ビートルズです」と答えました。

「いい曲ですね」と、彼が答えたその言葉には、どこか、関西弁とは違うイントネーションがありました。

「今日はどちらから、来られたんですか？」

「生まれは、北海道なんですよ。安平（あびら）というところです」

「アビラ？」

「ええ。千歳（ちとせ）と苫小牧（とまこまい）の間ぐらい。いいところですよ。空が高くて、青くてね」

「阪大の学生さん？」

若者が笑顔を見せて手を横に振った。

「まさか」

気持ちのいい笑顔でした。

「ちょうど一ヶ月ほど前に、仕事を辞めたところなんです。それで、今は、失業中で、ぶらぶらしてます」

「そうですか」

私は彼の仕事を聞きませんでした。銀行員の時の癖が、染み付いてるんですなあ。銀行員は、顧客の個人情報は、徹底的に守らんとあかん。向こうが自分で言わん限り、立ち入ったことは絶対に聞きません。カレー屋の主人になってからも、その癖が残ってました。

次に口を開いたのは彼の方でした。

「あそこに飾ってあるバラの花束、綺麗ですね」

「ああ、あれですか。妻と娘がプレゼントしてくれました。実は今日が、誕生日なんですよ」

「えっ！」と彼はのけぞって目を見開きました。

「僕もですよ。今日なんです。五月九日」

「そうですか」

それで、一気に打ち解けました。普段は誰にも話さない、さっきの涙の訳も話しました。彼は、興味深げに最後まで話を聞いてくれました。

「それで、今、ロッキーラクーンは、どうしてるんですか」

「それが、知らないんですよ」

彼も、それ以上は訊きませんでした。

それから彼はごちそうさまでした、と立ち上がりました。

今日は、私の話を聞いてくれたんで、カレーはごちそうします、と彼に言いました。彼はぺこりと頭を下げました。

「僕、思うんですけど」

店を出る前、彼は一瞬だけ神妙な顔になり、それからまたあのとびきり素敵な笑顔に戻って、私に言いました。

「ロッキーラクーンは、きっと、ご主人に、すごく感謝してますよ。それから、そのあと、あれだけ頑張れたのも、ご主人のおかげですよ」

「え?」

「ありがとうございました」

若者は深く頭を下げました。顔を上げた時、長いまつ毛が風に揺れました。

ドアを開けて、彼は出て行きました。私は、閉まったドアを開けました。

そこに、もう、若者の姿は、ありませんでした。


私は、インターネットで、ロッキーラクーンを検索してみました。キイを打つ指が、震えましたよ。出てくるのはほとんどビートルズの歌のことを書いているサイトでした。私は、そこに「馬」、とワードを足して打ちました。すると、あらゆる競走馬のデータをまとめたサイトが出てきて、そこに、ロッキーラクーンの競走成績が全部出てきたんです。

私はそれを見て驚きました。

ロッキーラクーンは、十戦で未勝利のまま、引退したはずでした。

ところがそのサイトには、二十戦ぐらいのデータが載ってたんです。

私は食い入るようにデータを目で追いました。

はい、ここに、書き写したメモがあります。

二〇一一年八月十三日　小倉　三歳未勝利　十七着
私が、最後に、テレビで観たレースです。

その次に、こうありました。

二〇一一年九月九日　荒尾　一着
それから、データには、なんと一着が、三回続いていたんです。

私は「荒尾」、「競馬」、というワードで調べてみました。荒尾、というのは熊本県にある地方競馬場でした。そう、ロッキーラクーンは、小倉で負けたあと、熊本の地方競馬で走っていたんです。

その後、広島の福山に移っていますが、荒尾で三連勝した後は二着、三着、二着、一着。

つまり、七戦連続、連複に絡んでるんです。

やったな！　私は開いたパソコンの前で思わず叫びました。

最後の最後で、今まで溜めに溜めてた脚を思い切り使うたんやな。今まで、我慢して、待った甲斐が、あったなあ。

結局、地方競馬での成績は、十八戦で一着が四回。二着が二回。三着が一回。後半は勝ちに恵まれず、最終戦は二〇一二年の三月二十四日で、九着でした。

そのサイトには、競走馬のごく簡単なプロフィールも載っていました。

ロッキーラクーン　牡　栗毛
生年月日　二〇〇八年　五月九日
産地　安平町

私の、不思議な話は、以上です。

私は、毎年、自分の誕生日になると、いつも、あの日のことを思い出すんです。

そうして、後悔の念に、襲われるんですよ。

ああ、あの若者に、ありがとうって、言うのを、忘れたな、って。

＊

深く頭を下げた時任さんに、拍手が起こった。

私はカウンターを出て、時任さんに労（ねぎら）いの言葉をかけた。それから集まってくれたお客さんに次回の開催日を告げて、会はお開きになった。お客さんが引け、私と繭子と仁ちゃんと沖口さんとで、椅子を片付けた。繭子は鼻をぐすぐす啜（すす）っている。時任さんは、何も喋らず、ぽつんとカウンターの隅に座っている。

「なんや、このままは、立ち去りがたいなあ」

仁ちゃんが言った。

「そうですねえ」と私は答えた。

「予定はしてませんでしたが、軽く、打ち上げしましょうか」

「私、ビール、買うてきます」繭子が言った。

「あのう」と、時任さんが口を開いた。

「もしよかったら、うちの店で、やりませんか。狭いですけど」

「ああ、それはええですなあ。ビートルズ、聴きながらね」

沖口さんの目尻が下がった。

みんなで階段を降りた。待兼山の頭上に、綺麗な三日月が輝いていた。

第三話　銭湯のピアニスト

1

「藺ちゃん、バイト、無理せんでええよ」

仁ちゃんが注文したガーリックトーストをカウンターの中で作っている藺子に向かって、私は言った。

「新しいバイトの子も、短期で入れよと思てるし」

四月に入って喫茶マチカネに入っていた夕方からのアルバイトが立て続けに辞め、藺子はかなりのヘビーローテーションでアルバイトに入ることになった。

「大丈夫、大丈夫。それに、仁ちゃんの話相手、ちゃんとできるの、私ぐらいでしょ」

「おいおい、なんか、俺のこと、ややこしい人間みたいに言うなよ」

「うん。全然ややこしないよ。単純やけど」

言うてくれるなあ、と仁ちゃんは口を尖らせるが嬉しそうだ。

藺子は閉店する秋までは私が頑張る、と言う。この春から始まった月に一回の待兼山奇談倶楽部のことも気になっているらしい。

主催者である私の頭も、もう次の回のことに向いていた。カウンターの中でグラスを拭きながら言った。

「それはええけど、もうそろそろ、次の待兼山奇談倶楽部のゲストを考えんとなあ」

次回は五月十一日だ。あと三週間に迫っている。

「どや、繭ちゃん」仁ちゃんが繭子に声をかける。

「あんたが通うてる阪大に、なんかけったいな話、ないんかいな」

「けったいな話、なあ」

出来たばかりのガーリックトーストを仁ちゃんの前に置いて、繭子は首をかしげた。

「噂で聞いた変なエピソードやったら、いろいろあるよ」

「たとえば?」

「阪大の待兼山のキャンパスに、大きな池があるやろ?」

「ああ、あるなあ。ちょうど、阪大坂(はんだいざか)を上がっていった途中にな」

阪大坂は「阪大下」の交差点からキャンパスへだらだらと続く長い坂だ。上がっていく右手に大きな池が広がっている。正式には中山池(なかやまいけ)というらしい。中央がくびれてちょうど蝶(ちょう)が羽を広げたような形をしていて、一番広い幅は七十メートルほどもあり、長さはおよそ百五十メートルはあるだろうか。けっこう大きな池だ。

「阪大にな、あの池で泳ぐっていうのが目的のサークルがあるねん」

「ほう」

「名前がね、待兼山水泳同好会」

「酔狂なサークルやな」仁ちゃんが目をしばたたく。「あんなん、人が泳げるような池やないがな」

仁ちゃんの言う通りだ。水面は藻で覆われ、水辺は雑木が茂っている。あの池で誰かが泳いでるところは見たことはないが、人が泳いでいたという話は、喫茶店にやってきた学生からたまに聞くことがあった。

「多分、暇を持て余した学生が作ったんやろけど、阪大が旧制高校やった時代は、学生はみんな普通に、あの池で泳いでたらしいよ」

「学生が下駄履いてフンドシ締めて通学してた頃の話やろ。今も部員はいてるんか？」

「今年も春に、池の柵に新入部員募集の看板がくくりつけてあったん見かけたから、今も潰れてはないと思うけどね。まあ建前は、あの池は立ち入り禁止やから、非公認のサークルやと思うけど」

「それで、けったいな話って、何やねん」

藺子はカウンターの中から出てきて、仁ちゃんの隣の椅子に腰掛けた。

「これはね、待兼山商店街の居酒屋で、たまたま隣に座ってた阪大の学生と仲良うなって、聞いた話やけど」

「ふんふん」

「その自称『水泳同好会』はね、外来魚の駆除も目的としてるらしいねん。中山池には、ブラックバスとかブルーギルとかが、ぎょうさん繁殖してるらしいからね」

「ああ、それ、今流行りの、なんたら、言うやつやな。ええっと、エコ……」

藺子は無視して話を続ける。

「それでね、部員らは、外来魚を見つけたら手当たり次第に駆除してたらしい。中山池の生態を守るんやっていうことでね。けど、外来魚からしてみたら、ジェノサイドやね」

「うん、まあ、そうとも言えるかなあ」

「で、ある夜、そのサークルの部長が、待兼山温泉に行ったんやって」

「おお、うちの近所や。懐かしいなあ。子供の頃はよう行ったで。廃業してしもて、残念やけどなあ」

　待兼山温泉は、私もよく覚えている。七年前に地元の人に惜しまれつつ廃業してしまった銭湯だ。今は跡地に八階建てのマンションが建っている。

「彼らは、池で泳いだり外来魚を駆除した後は、必ずその銭湯に行ってたらしいねん」

「うわあ、迷惑な話やなあ、池で汚れた身体で入るんかいな」

「それが、待兼山温泉のご主人は、ようできた人でね、かまへんかまへん、ちゃんと湯船入る前にかぶり湯して入ったら問題ないから、言うて、歓迎しとった」

「ほうほう。あの主人らしいなあ」

「それでな、ある日、部長が、一人で銭湯のサウナ室に入った。そしたらな、ヤクザ屋さんの先客が一人おった」

　仁ちゃんがうなずく。

「あの銭湯、けっこう、その筋の人多かったからな。子供の頃、よう、怒られたわ。電気風呂に潜ってぐるぐる回って遊んでたらな、ボク、銭湯では、ちゃんとマナー守らなあかんで。守らんかったら、わしみたいな大人になるでってな」

　思わず笑ってしまった。私もあの銭湯で同じことを言われたことがある。その筋の人たちは子供には気のいい人が多く、よくコーヒー牛乳を奢（おご）ってくれたりした。それを知った父親からは、後でこっぴどく叱られたが。

「サウナ室にいてはったそのヤクザ屋さん、背中には、ものすごい綺麗な刺青が入っててね。で、端っこでおとなしく座ってた部長の背中を見て、言うたんや。にいちゃん、変わった紋々、入れてるなあ、って。部長は、びっくりしたって。そうかて、紋々なんか、入れてないから」

「そりゃそうやろ。それで？」

「で、部長は、サウナ室出て、洗い場の鏡に、自分の背中を映してみたんやて。そしたら」

「そしたら？」

「彼の背中一面にな、ブラックバスみたいな緑色の鱗が、びっしりと生えてたんやて」

「うわ、怖あ」仁ちゃんが目を剝く。

「その部長は、それから行方がわからんようになったらしいねん。それ以降、サークルにも銭湯にも姿を現さんようになったらしい」

「ほう」

「で、それからしばらくした頃、大学の職員が、深夜に、あの池を泳いでる人影を見かけたらしい。それで、遊泳したら危ないぞって声をかけたんやって。そうしたら、その人影は、泳ぎながら一瞬職員の方を振り向いて、魚みたいな大きな目でギョロッと睨んだ後、ぽちゃりと水中に頭を沈めて、二度と浮かんでこんかったって」

「繭ちゃん、その話、今度の奇談倶楽部で話してえや」

ううん、と、繭子は、首を横に振った。

「人づてに聞いた話やもん。私が話しても、いまいち説得力ないやん」

繭子はそう言ってしばらく天井を睨んでから、あっと小さく叫んだ。

「それで思い出したわ」

「何を？」

「私が入ってる、ビッグバンドサークルの、先輩の話やねん」

繭子は阪大で「ゲッティングベター」という名前のビッグバンドサークルに属している。

彼女はそのバンドでアルトサックスを担当しているという。いったいこんな華奢な身体のどこに、アルトサックスが吹けるような肺活量があるんだと思えるのだが、けっこうな腕前らしい。

「あのね、その先輩、私のサークルのOGでね、十五年ぐらい前に大学卒業してんけど、その先輩な、学生時代、待兼山温泉でバイトしててんて」

「へえ、そうなんや」

「私、その時の待兼山温泉であった話、先輩から聞いたことあるねん。すごい印象に残ってる。その話、してもらおうかな。ヤクザも半魚人（はんぎょじん）も出てけえへんけど。うん、あの話が、ええわ」

「どんな話？」

「それは、聞いてのお楽しみや」

「よっしゃ。話の筋はよう見えんけど、繭ちゃんを信用して、来月は、その繭ちゃんの先輩に来てもらおか。連絡、とってくれるか」

「うん、任しといて」

こうして、待兼山奇談倶楽部の五月の話者が決まったのだった。

2

二〇一九年五月十一日、土曜日。

今年のゴールデンウィークは超大型で、四月二十七日の土曜日から五月六日のこどもの日の月曜振替休日まで、なんと世間では十連休となっている。本来四月三十日から五月二日までの三日間は平日なのだが、今年に限ってこの真ん中の五月一日が「天皇の即位の日」となり、ここが祝日となることでオセロのごとくその前後も赤にひっくり返って繋がったのだ。

十連休明けの火曜日から金曜日までの四日間は、待兼山の商店街を歩く人々も、どこかに魂を置き忘れてきたみたいに呆(ほう)けた顔になっていた。ただこの日は久々の休みとあって、行き交う人々の表情もいくらか人間の顔に戻っている。

「人間、あんまり長いこと休むのも、考えもんやな」

カウンターで、仁ちゃんが言った。

前回同様、常連の仁ちゃんだけが午後八時半で店をいったん閉めた後も「待兼山奇談倶楽部」が始まるまでカウンターに居残っていた。

「二十四の時に祖父(じい)ちゃん創業のパン屋を継いでからこの方、三日以上続けて休んだことほとんどないで。盆と正月も含めてな」

「たまには休んだらええのに」

繭子が予備の椅子を抱えて運びながら仁ちゃんに言う。

「街のパン屋、ちゅう仕事はな、そうはいかんのよ」

仁ちゃんが腕組みをする。

「お客さんにとってはな、毎朝、毎朝、そこに行ったら焼きたてのパンが買えるちゅうのが、ほんのちょっとした『日常』の幸せなわけや。俺らはそれを支えとるわけ。今ちゃんとこの、この喫茶店も、そうと違うか？」

仁ちゃんが私に水を向けてきた。

「たしかに喫茶店、ちゅうのも、お客さんの日常そのものみたいなとこあるからね」

私は答えた。

「お客さんの日常の中の、ちょっとした止まり木、を提供してる、言うかなあ」

「おう、うまいこと言うなあ。なるほど。『止まり木』か」

私の思いつきの答えに、仁ちゃんは感心してくれた。

長年愛されてきたこの「止まり木」も、十月にはこの商店街から消える。止まり木をなくした鳥たちは、きっとこの先も、またどこか別の止まり木を見つけて羽を休めるのだろう。しかし、この止まり木でしか見えない風景というものがあったはずだ。

思えば、この二十年ほどで、待兼山商店街からずいぶんたくさんの『日常』が姿を消していった。

たとえば、映画館。たとえば、公設市場。それから、学生の日常でいえば、雀荘(じゃんそう)。

おばあちゃんが一人でやっていたような、夏には店先でアイスクリームなんかを売っていたよろず屋も、今はどこの街にも掃いて捨てるほどあるお決まりのコンビニになった。映画館はスーパーに変わり、公設市場はマンションだ。

そして、銭湯だ。

待兼山商店街の近くには、二軒の銭湯があった。

一軒は、平和温泉。この銭湯は、商店街の中に今もある。

もう一軒の待兼山温泉は、今はマンションだ。

とりとめもなく浮かんでくる思い出を振り払い、私は奇談倶楽部の準備に専念した。

今回も午後九時を前に、用意した席は全部埋まった。

集まっている人の年齢層は幅広い。今回の話者が、阪大に通っている繭子の音楽サークルのOG、ということもあるのだろう。若い子の姿も多い。繭子が仲間たちに声をかけてくれたのだ。前回よりは年配の女性客の姿も目立つ。

カウンターの端の席がひとつだけ空いていた。

ここは待兼山奇談倶楽部の発案者、沖口さんの特等席だ。

沖口さんは前回同様、午後九時五分前にやってきた。

「今夜も、楽しみですなあ」

いつものいい声で一言だけつぶやいて沖口さんは腰を下ろした。

午後九時二分前。

階段を上がるハイヒールの音が聞こえてきた。

扉を開けたのは四十歳前後の女性だ。会釈で頭を下げたとき、彼女の白いブラウスの肩にかかった栗色の長い髪がふわっと揺れた。しなやかな佇まいの女性だ、と私は思った。

繭子が声をかける。

「朋子さん、わざわざすみません！」

ギリギリになってしまったことを彼女は皆に詫び、それから私が開会の短い挨拶をして、今夜の待兼山奇談倶楽部は始まった。

3

皆さん、こんばんは。城崎朋子と申します。

今夜は、私の母校である阪大の可愛い後輩、繭子さんからお声がけいただいて、やってまいりました。ここ、喫茶マチカネは、私が当時在籍していましたビッグバンドサークル、「ゲッティングベター」の溜まり場になってましてね。もう、二十年近くも前の話なんですけど。私、今、東京なので、本当に久しぶりにこのお店にやってきたんですが、びっくりしました。何も変わってなくて。ほら、今、窓の外を、電車が通過したでしょ。あのガタンガタンという線路の軋む音と、カンカンカンと鳴る踏切の警報音。私、今、あの音を聞いて、心が一気に、学生だった頃に戻りました。変わったのは、マスターのお腹に、ちょっと貫禄がついたことぐらいかな。

あ、みんな笑ったわね。今夜は、私の知ってるお顔も多いし、ざっくばらんにお話しさせてもらいますね。

あ、でも。マスターのお腹だけじゃなくて、この待兼山の商店街も、ちょっと、変わったかな。東口出たとこにあったレンタルビデオ店、今はコンビニなのね。それに、駅前のビルの二階にあった、「ローンズマチカネ」、今はもうなくなって、学習塾になってるのね。私、あの店には、本当にお世話になったの。

学生ローン。いわゆる、街金ね。それで、街金の名前が「ローンズマチカネ」って、いい名前でしょ？　地元の人や阪大の学生たちに愛されてずいぶん流行っててね。店主の中井さんの人柄もあったと思うけどね。貧乏学生時代にお世話になった元阪大生が、何十年かぶりにふらっとこの店を訪ねてきて、今は誰もがその名を知る大手銀行の副頭取になったってお礼の挨拶をした、って話を、中井さんから聞いたことあるわ。

中井さん、お元気にされてるのかしらね。

え？　亡くなった？　そうなの……。

もう今は、中井さんみたいな個人の「金貸し業」が生き残る道はないんでしょうね。大手銀行の息のかかった全国展開のローン会社の看板が、駅からも見えたしね。

でも、他の街の商店街に比べたら、まだここは昔の雰囲気が残ってるね。この街は、今も人が人間臭い息を吐いて暮らしてる。それはすごく感じる。

私は当時、本当に、貧乏な学生でね。父親は東京で会社を経営してたんだけど、私が高校生の時に事業に失敗して、財産を全部処分して夜逃げ同然のようにして、母親の実家のある福井県に引っ越したんです。もう本当に、一文無しの状態で。大学なんか行くお金、とてもなくてね。私も高校卒業したら働くつもりだったけど、親が、大学は出ておけって、行かせてもらえることになったの。行きたい学部があったから阪大を受験して運よく受かったんだけど、仕送りなんか全然なくてね。そこから私の、貧乏な学生生活が始まったの。日々の食費や下宿の家賃を自分で払わないといけないし、学費もね。奨学金もわずかながらもらえていたんだけど、全然足りなくてね。それで、「ローンズマチカネ」にはお世話になったってわけ。「ローンズマチカネ」は、学生には良心的でねえ。返せない額は絶対貸さないし、その人を見て、っていうかな。今でも、中井さんの、あの丸い眼鏡の奥の、一見ぶっきらぼうな細い目が、忘れられないの。もちろんそこで借りたお金を少しでも早く返すために、アルバイトは、勉強以上に頑張ったわ。

今夜、私がお話ししようと思うのは、その、アルバイトの話です。

私が阪大に入学してすぐに始めたアルバイト先は、新地なの。

そう北新地。え？　ホステス？　残念ながら、当時は福井の田舎から出てきたばっかりでそんな器量好しじゃなかったの。新地のピアノバーの、ピアノ弾きのアルバイト。バーと言っても、結構広くて、働いてる女の子もいっぱいいてね。ただ、ラウンジやクラブみたいに、女の子はお客さんが座る横にはつかないの。カウンターやテーブルの向かいに座って、お喋りする形。

お客さんも上品でね。いい感じのお店でした。お給料も、他のアルバイトと比べたらずいぶんと良くてね。

私がまだ小さかった頃は、家にはグランドピアノがあって、物心ついた頃から鍵盤を叩いて遊んでてね。きっと親は私をピアニストにしたかったのね。三歳ぐらいだったかな。幼稚園に通う頃には、先生もつけてくれて、クラシックピアノの基本を、徹底的に叩き込まれて。音楽は大好きだったから、クラシック以外もいろんな曲を自分で弾いてたしね。まあそれも、高校一年までだったけど……。

そもそも私がビッグバンドサークルのゲッティングベターに入ったのは、このバイトありき、だったの。入学式の後のオリエンテーションのとき、いろんなサークルが新入生たちを勧誘しようと阪大坂あたりで手ぐすね引いて待ってるんだけど、私はね、もともとサークルなんか入る気は全然なかったの。そんな遊びみたいなことに使うお金はとてもないしね。ところがね、阪大坂を歩いていたら、一枚の看板が目に飛び込んできたの。

　高給アルバイト斡旋！　至急、ピアノ弾ける人大募集！
　阪大ビッグバンドサークル　ゲッティングベター

なんだかめちゃくちゃアヤシイでしょ？

でも当時の私は、その「高給アルバイト斡旋！」の文字に目が釘付けになって。しかも、ピアノ弾ける人、でしょ。私はすぐ、その看板の傍に立ってる学生に声をかけたの。

　これ、私にやらせてください、って。

　聞いてみたらね。その新地のバーのオーナーが阪大出身でね。そのバーでピアノを弾くのは、代々、ゲッティングベターのピアニストが務めてたんだって。ところが、私の前にそのバイトに入ってた女の子が、突然、阪大に留学に来てたイタリア人の男の人と恋仲になって、籍まで入れちゃって中退して一緒にイタリアに行っちゃったの。それで、急遽、後釜探しに走ったってことだったの。サークルにしても、バンドのピアニストが必要だったし、せっかく伝統で続いてるアルバイトの口を他に持ってかれるのも避けたかったし。

　それで、彼らが垂らした高給アルバイト斡旋！　の釣り針に、まんまと私が引っかかったってわけ。

でもね、私が釣り上げられた先は、天国だったの。

演奏の時のドレスは全部お店が支給してくれるし、賄いもついてるし。何より嬉しかったのは、まだお店が開店していない昼間の時間にお店に入って、自由にピアノを弾いていいって言われたこと。私は、自分の生活の中に、もう二度と弾くことはないと思ってたピアノが戻ってきて、それが一番嬉しかった。カラカラに干からびた心に、水が染みわたっていくような気がしたの。新地でのピアノ弾きのアルバイトは、本当に楽しかった。

普通に生きてたら出会うことのないような、いろんなお客さんがお店に来たしね。

作家さんとか、競馬の馬主さんとか、歌舞伎役者さんとかね。

お店は、さっきも言ったけど、とにかく雰囲気重視の店でね。

だから、私が弾くのも、ジャズのスタンダードが多かった。

「ムーン・リバー」「枯葉」「スターダスト」「サマータイム」「フライ・ミー・トゥ・ザ・ムーン」「煙が目にしみる」「二人でお茶を」「イパネマの娘」「酒とバラの日々」「夜も昼も」「虹の彼方に」「想い出のサンフランシスコ」「いそしぎ」。

そんな、ムードのある曲を演奏していたら、お客さんは大満足。ショパンとかモーツァルトとか、クラシックも時々ね。私も弾いてて楽しかった。

だけど、天国って、そう長くは続かないものね。

私が大学三年の夏でした。前任の女の子が、イタリアから日本に戻ってきたの。何があったのかは知らないんだけど。とにかくね、その子はもともと、お店のオーナーの大のお気に入りだったからね。自動的に私はお払い箱になったってわけ。

これまで学費と生活費のほとんどを、このバーのピアノのアルバイトで賄ってたから、いきなり収入ゼロになって、私は焦ってね。大学の学生相談係にアルバイトを斡旋してほしいって頼みに行ったけど、大学ではアルバイトの斡旋はしていないって言われるし。

食費はなんとか切り詰められるけど、アパートの家賃がすぐに払えなくなって。ローンズマチカネの中井さんに助けてもらうのも、限界があるしね。第一、中井さんは、アルバイトもしてないような学生にお金貸さないしね。とにかくまずは新しいアルバイトが必要だったの。

そんな時に見つけたのが、待兼山温泉の女湯の脱衣所に貼ってあった「アルバイト募集」の貼り紙だった。

アルバイト募集

仕事内容　当銭湯でのフロント業務と清掃　住み込み可　賄い有
　　　　　銭湯入り放題　学生さん大歓迎　女性希望　委細面談

私にはね、その貼り紙が、蜘蛛の糸のように見えてね。

住み込み可で、賄い有。つまりアパート代と食費が浮く。もうこれしかないと思った。

おまけに、銭湯無料。

それまで私が住んでたアパートは、家賃は安かったんだけど、お風呂がついてなかった。

だから、銭湯に通ってたの。この銭湯代ってのが、意外にばかにならないのね。それも浮く。

そしてこれが一番大事なんだけど、私は、待兼山温泉が大好きだった。

待兼山温泉にはね、なんて言うのかな。そう、遊び心があるの。

あ、今、うなずいた人、何人もいるよね。みんな知ってるのね。嬉しいなあ。

そう。建物は三階建てで、駐車場とコインランドリーのある一階の階段を上がると、二階にフロント形式の番台があって。

二階の浴場には丸い浴槽が三つ並んでいて、そのうち一つは電気風呂で、もう一つは季節にちなんだ薬湯。たまにはローズ湯なんて、薔薇をいっぱい浮かべた日があったりね。

それでちょっと中二階になったところに、岩塩風呂と、打たせ湯。そして三階はサウナ室。で、面白いのはね、中二階になったところから二階の浴槽が、滑り台で繋がってるのよ。これが、子供たちには、大人気でねえ。

滑り台は三メートルほどあったかしら。ステンレス製の滑り台にまず水を流してお尻を滑らせて丸い浴槽に落ちると、ざぶーんって、すごいお湯しぶきが飛ぶんだけど、子供たちはね、「お湯しぶきコンテスト」とか勝手に名付けて、どれだけ綺麗に湯しぶきを飛ばすかを競争したりしてるの。それを、大人たちも、全然怒ったりせずに、ニコニコ笑いながら見ててね。

え？　私もやった？　俺も優勝したって？　男湯では「男しぶき選手権」って呼んでたって？

いい名前ね！　男湯でも、やってたのね。

とにかくね、待兼山温泉は、そういう銭湯だったの。

私は蜘蛛の糸に飛びついた。気がついたら脱衣所を出て、フロントに座っていた銭湯の奥さん、礼子さんに叫んでた。

「ここで働かせてください！」

＊

朋子さんの口から待兼山温泉の「お湯しぶきコンテスト」の話が出て、子供の頃の記憶が鮮やかに蘇（よみがえ）った。あの頃の愉快そうな仁ちゃんの顔が浮かぶ。ふと仁ちゃんの顔をのぞき見た。どうやら仁ちゃんも同じようだ。あそこに毛が生え出した頃にもまだやってたから、今から考えるとずいぶん無邪気な子供だった。

私と仁ちゃんだけでなく、お客さんの何人もがこの話でうなずいていた。うんうん、そうやった。みんなの表情はまるで風呂上がりのように緩んでいる。

朋子さんが待兼山温泉でアルバイトをしていたことを知ってる人もいるようだ。しかし私は知らなかった。二十年ほど前なら、すでに家風呂があった。気分転換に銭湯に足を運ぶことはあっても、その回数は極端に減っていた。

あの銭湯で、いったい何があったのだろうか。

私は、今はもうない待兼山温泉の佇まいを頭に思い浮かべた。

＊

銭湯のおかみさんの礼子さんは、お客さんとして来てた私の顔を覚えてくれててね。あら、あんた、よう来てくれはる阪大の学生さんやんね。阪大生やったら、大歓迎やわって、ろくに面接もせずに、即、決まったの。

そう、あれは日韓ワールドカップが終わって二ヶ月ほど経った、二〇〇二年の、八月のお盆過ぎ頃。

私はそれまで住んでたアパートから、待兼山温泉に隣接してる礼子さんたちが住む住居の空き部屋に引っ越したの。ちょうどそれまで同居してた娘さんが結婚して、ひと部屋空いてたのね。

仕事は貼り紙にもあった通り、フロント業務と清掃なんだけど、営業時間中の女湯の清掃は、女性しかできないからね。それまではおかみさんと娘さんとでやってたんだけど、娘さんがいなくなったんで、女性の人手が要ったのよ。そこに私が入ったってわけ。

仕事は楽しかったよ。私には合ってたの。こんなこと言うとちょっと誤解されるかもしれないけど、私、女の人の裸、見るの結構好きなのね。なんて言うのかなあ。裸に人生が表れるって言うのかなあ。たくましさも、弱さも、気高さも、したたかさも、だらしなさも、すべてね。そのどれもが、愛(いと)おしいの。そう、みんな、裸になると、女神に見えるのよ。

それから、礼子さんが、ほんとにいい人でね。ああ、また何人かうなずいてるよね？ そうでしょ？ それで礼子さんは、私の身の上話も聞いてくれてね。生い立ちから、私がそこで働く前に新地のピアノバーをクビになったことも話したのね。

そしたらさ、礼子さんが、とんでもないことを言い出したの。

「じゃあ、朋子ちゃん、ここでピアノ、弾いたら？」

「ここでって、この、銭湯で？」

私は思わず聞き返したの。そしたら、礼子さんは、こう言うの。

「そうよ。朋子ちゃんの部屋に、娘が弾いてたアップライトのピアノが置いてあるでしょ？ あれを、女湯の脱衣所に運んで、そこで、新地のピアノバーでやってたようにお客さんの前で弾いたらええよ。まあ、たとえば、そうねえ、ここ、深夜の零時半までの営業やから、日が変わる零時からの三十分とかね。もちろん、その分は余計にアルバイト代、払うよ。新地みたいな額はとても払えんけどね。もしそれでもよかったら」

「でも、脱衣所なんかにピアノ置いたら、湿気でピアノが……」

「まあ、たしかに、ええことはないわねえ。でもね、あのピアノ、娘が五歳の時から弾いててね。どっちみち、もうかなり年季入ってるし、娘も嫁いでしもうたしね。あんたが卒業するまでのあと一年半、あのピアノの過ごす余生が、女湯の脱衣所ってのも、悪くないんやない？」

「でも、ご主人がなんて言うか」

「ああ、それやったら大丈夫。そやかて、浴場に滑り台あったらおもろいやろなあ、って思いついて設置したん、主人やもん。きっと面白がってくれるよ。どうする？」

どうするって。私は、二つ返事で引き受けた。

そうして、私は待兼山温泉で、毎晩午前零時から三十分の間だけ、番台に座る代わりに、アップライトのピアノの前に座ることになったの。

＊

「ああ、あれ、あんたやったんかいな」

仁ちゃんが、思わず朋子さんに声をかけた。

「朝早い仕事やっとるから遅い時間には行ったことないんやけどな。いっぺん、気晴らしに夜中に行ったことがあるんや。そしたら女の脱衣所の方から、ピアノの音が聞こえてきたことがあったん、覚えてるわ。あれ、てっきり、礼子さんの娘さんが、部屋で弾いてるんやと思うてたんや。あんたが脱衣所で弾いてたんやな」

「遅い時間に通うてた女の人は、みんな、知ってるよ」

年配の女性が言葉を挟んだ。周りの女性たちが微笑みながらうなずく。

「私ら、女だけの楽しみやったんや、あの時間は」

「そうそう。あれは、なんか、贅沢な時間やったなあ」

女性同士で盛り上がっている。

あの待兼山温泉で、男の知らない、女だけの「時間」があったのだ。

＊

けどね。最初は、すごく、評判悪かったの。

午前零時になったら、それまでつけてた脱衣所のテレビを消して、私がピアノを弾くんだけどね。

私は最初、新地のピアノバーで弾いてた曲を演ってたのね。

「枯葉」とか「二人でお茶を」とか「いそしぎ」とかね。

お客さんの反応は、薄かった。明らかに戸惑ってるのが、弾いてる私にもビシビシ伝わってきた。そりゃそうね。銭湯の脱衣所で、若い女の子がいきなりピアノ弾き出すんだもん。それでも頑張って弾くんだけど、頑張って弾けば弾くほど、お客さんが離れていくのがわかった。それで、二、三曲、弾いてる途中に、いきなり、声が飛んできた。

「テレビ、つけてんか」って。

「そんなあんたのピアノ聴いてるより、私は吉本の芸人の話、聞きたいねん！」

その女の人は私に怒鳴ったの。当時、大阪の深夜のテレビはどのチャンネルも、吉本の人気芸人さんが出て喋ってたからね。

私は、ピアノを弾く手を止めた。それから、もうどうしていいかわからなくて、ただうつむいてた。そしたら、お客さんの声が聞こえたんだろうね。フロントから礼子さんがやってきて、そのお客さんに、こう言ったの。

「わかりました。それがお客さんのリクエストやったら、そうします」

そうして、礼子さんはテレビをつけた。吉本の芸人さんたちの笑い声が聞こえてきた。

私はいたたまれなくなって、でも、その場から立ち去るのも悔しくてね、白と黒の鍵盤をじっと見つめたまま、座ってたの。あの時、私は、世界が完全に止まってるような気がした。止まってる世界の中で、吉本の芸人たちの笑い声だけが耳に響いてた。

私にはもっと長く感じたけど、多分十分ほど、そうしてテレビがついていたのかな。私に怒鳴ったお客さんは、ドライヤーで髪の毛を乾かしながら芸人たちの喋りに大笑いしてから、さっさと服を着て、帰っていった。テレビはそのままついていた。私もそのままうつむいてた。そうしたら、

「ねえ、あんた」

うつむいてる私に、話しかける声があったの。

顔を上げたら、私より少し年上ぐらいの若い女の人が、首を傾けて私を見ててね。

彼女は、私に、こう言ったの。

「リクエスト、しても、いい？」

私は、反射的に、うなずいた。

「はい、もちろん！」

大声で答えたの。礼子さんがまたやってきて、テレビを消した。

「……曲は、何を……」

そう訊く私に、彼女が答えたの。

「『ピアノマン』。ビリー・ジョエルの」

それが、ユカさんでした。

4

「ピアノマン」は私も大好きな歌だったからね。

その前のお客さんとのこともあったから、私は、救われた気分になって、一生懸命弾いたの。普段は弾いてる曲にボーカルはつけないんだけど、思わず歌ってしまってね。私、歌はそんなに上手くないから。多分、調子もだいぶ外れたと思うよ。でも、無我夢中で歌ったの。歌ってるうちに、なんだか泣けてきてね。それでも最後まで歌った。そうしたらね、弾き終わったとき、何人か、まだ女湯の脱衣所に残ってたお客さんが、拍手してくれたの。嬉しかったなあ。

その日は、その曲が終わったところでちょうど閉店時間になって、礼子さんは表の暖簾を下ろしたの。

そうやって私は、深夜の待兼山温泉で、そのユカさんという女性と知り合ったの。

ユカさんの身長は私と同じぐらいで、百六十センチぐらいなんだけど、スタイルがとってもよかった。女の私が見ても、惚れ惚れするぐらい。キュートなんだけど、おっぱいがおっきくて。それに美人だしね。

「ありがとうございました」

弾き終わった私は、思わず彼女に御礼を言ったの。そうしたら、彼女が私に訊いたの。

「あんた、なんでここでピアノ、弾いてるの？」

私は事情を話したわ。阪大の学生で、もともと新地でピアノ弾きのアルバイトをしていたけどクビになって、アパートの家賃払えないからこの銭湯で住み込みで働いてること。奥さんの好意で、深夜三十分だけ、ここでピアノを弾かせてもらえることになったこと。

彼女は、ずっと黙って聞いていたんだけど、私の話の、思わぬところに食いついたの。

「あんた、ここで、住み込み？」

私がうなずくと、彼女は礼子さんに駆け寄って、言ったの。

「あたしも、ここで、住み込みで働かせてもらえませんか。ものすごく勝手言いますけど、十日間だけ。昼間と夜は別で働いてるんで、営業時間が終わった夜中の、片付けと掃除だけ、ここでお手伝いさせてください。お給料は要りません。その代わり……」

いきなり初めて来たお客さんにそんなことを言われて、礼子さんは、目を思い切り丸くして、

「どういうこと？」って、当然、訊いた。

そうしたら、彼女は、脱衣所の壁の、全身が映る大きな鏡を指差して、言ったの。

「片付けと掃除が終わった深夜に、この鏡を、貸してほしいんです」

ユカさんが語った事情は、こういうことだった。

彼女はね、ストリップ劇場で踊っているストリッパーだったの。出身は東京だけど、明日から十日間、大阪市内のストリップ劇場で舞台がある。衣装とか小道具とかの荷物は先に劇場に全部送ってて、明日の朝に劇場に入って、あとは十日間、劇場の中にある踊り子さんの楽屋の部屋に泊まればいいんだけど、彼女が前日にわざわざ前乗りして待兼山に来たのには、理由があったの。ユカさんはダンスの練習の時に腰を痛めていて、どうも調子が良くない。このままじゃあ、明日からのステージに支障をきたすかも、って状態だったんだって。その時、以前大阪のストリッパーの先輩から、待兼山という街に、ゴッドハンドと呼ばれる、凄腕(すごうで)の按摩(あんま)さんがいるって聞いたことを思い出して、すがる思いで、この街にやってきた。

そうしたら、その按摩が劇的に効いて、すっかり腰が良くなった。それで、一泊だけの予定で取った待兼山の国道沿いにある小さなビジネスホテルに帰る途中、たまたま銭湯があったので入ってみた。浴場に滑り台があってびっくりして、脱衣所に戻ったら、ピアノの演奏が始まって、さらにびっくりした。そうしたら、さっきの出来事があって……。

それで、私に声をかけたんだって。

それで、ユカさんがここで十日間だけ住み込みで深夜に働きたいって言った理由はね、まずひとつは、ここで十日間、住み込みで働いたら、毎晩舞台が終わった後に、その按摩の店に通える。そのお店、松波(まつなみ)さんって男の人がやってるんだけど、深夜までやってるから、舞台が終わってから駆けつけてもギリギリ間に合うの。でも帰りの電車がないから、もうこの街に泊まるしかないの。国道沿いのビジネスホテルに泊まるって手もあるけど、高くつくでしょ。それから、ユカさんの背中を押した決定打が、あの脱衣所の鏡。踊り子さんは、自分の踊りをチェックするために、部屋に大きな鏡が必要なんだって。劇場には楽屋とは別に、鏡のある稽古部屋があるから、そこで寝泊まりするならそれでいいんだけど、他で泊まるとなると、大きな鏡がない。でも、ここなら大きな鏡もあるじゃん！　って思ったんだって。

「でも、泊まれる部屋は、もう……」

礼子さんが、困った顔でユカさんに言った。

そこで、私が言ったの。

「もし礼子さんとユカさんさえよかったら、明日から十日間だけなら、私の部屋で、相部屋で過ごしませんか」って。

「えっ！　いいの？」

「朋子ちゃんがそれでええんなら、夜中だけでも、手伝ってもらえたら、ねえ」

礼子さんも納得した。

ユカさんは私を思い切りハグして喜んだ。

こうして、ストリッパーのユカさんとの、十日間だけの「相部屋生活」が始まったんです。まさか、私も、そんな展開になるとは思ってなかったよ。

銭湯の脱衣所でピアノ弾いて、そこでストリップの踊り子さんと同居生活が始まるってね。人生、何がどうなってどう転がるかわからないわね。でも、そんな展開に、私はワクワクしてたの。

忘れもしない、あれは二〇〇二年の、八月三十一日のことでした。

ストリップの舞台って、他の演芸場でもそうだけど、月を三つに分けて頭（あたま）、中（なか）、結（けつ）、の、十日ごとの公演でね。九月一日が、ユカさんの大阪の舞台の初日だったの。

時間はお昼の十二時からだいたい午後十時過ぎまで。だから彼女はもう午前中に銭湯を出て、舞台がハネたらすぐに松波さんのところに行って腰をマッサージしてもらって、深夜の零時半から銭湯の清掃に入って、作業が全部終わってから脱衣所の鏡の前で踊りの稽古をして、シャワーを浴びて、ようやく布団に入れる。大変な一日よね。

松波さんの按摩の腕がいくらいいにしても、劇場で寝泊まりした方がよっぽど楽じゃないの？って、最初の夜に私が言ったら、彼女はこう答えたの。

「あたしはね、今日、この待兼山っていう街を歩いて、もうすっかりこの街が気に入ったの。あたしが子供時代を過ごした、墨田（すみだ）区の下町の商店街に、どこか雰囲気が似てるのよ。あたしが育った商店街にも、百年近く続くパン屋があったしね。銭湯もあったし、今どこの街にもある、なんとかリフレとかいうおしゃれなマッサージサロンみたいなんじゃない、松波さんのような、個人の按摩師さんが自営でやってるお店もあった。だからあたしは、この街にいると、子供の頃に戻ったような気がするんだ。それがなんだか嬉しくってね」

夜中には、布団の中で、ユカさんといろんな話をしたよ。

苦労話も、いっぱい聞いた。でも、私が一番感動したのは、ユカさんの、踊りに対する、プロフェッショナルな姿勢。

出番は十日間、一日四ステージだけど、お客さんは続けて観る人も多いから、その日のステージごとに演目は替えるし、次の舞台の十日間では、また演目を替えるし。当たり前だけど、演目ごとに、衣装も違えば、選曲も違う。ダンスも違う。デビューしたての頃は劇場付きの振り付けの先生に徹底的に鍛えられて、演目や衣装のアイディアなんかも考えてくれたけど、今はそれらすべてを、自分で考えてやってるんだって。踊り子の中にはもともと才能のある人がいて、そんな人は練習しなくても最初からできてしまうけど、でもあたしはそうじゃないから、毎日舞台が終わってからも鏡の前でひたすら努力するんだって。

正直、私はそれまで、ストリップというものを、なにも知らなかった。よくわからない仕事。大勢の男の人の前で、自分の裸を晒(さら)して踊るんだから、大変だなあ、って思うぐらい。女の人の裸にあれだけ関心のあった私が、ストリップのことは、考えたこともなかった。でもね、ユカさんの話を聞いているうちに、考えが変わった。

私は、まだ一回も観たことのない、ストリップというものに、興味を持ったの。

そうそう。ユカさんとの話の中で、忘れられないことがあってね。

彼女が初めて私と相部屋で泊まった夜、ユカさんに訊いてみたの。

「なんで、私に『ピアノマン』、リクエストしてくれたんですか?」

彼女は、こう答えた。

「あたしはね、『ピアノマン』の、歌詞が好きなの。あの歌詞はね、人生そのものよ。夢を追いかけた頃を懐かしむ人、今現在、追いかけてる人、夢と現実の狭間(はざま)でもがく人、そんな人たちが集うバーの歌でしょ。彼らの心を癒して元気付けるのが、ピアノマン。それでね、あの歌を聴くと、いつもあたしは思うの。あのバーはストリップの劇場で、バーに集う人たちは、ストリップを観に来るお客さん。そして、あのピアノマンが、踊り子の、あたしなんだって。そのつもりで、いつも舞台に上がってるよ。だから、あの歌を聴くと、元気が出るの」

彼女の言葉は、私の心に響きました。

私は、ユカさんの年齢をちゃんと聞いたことがなかった。でも多分、私より二つか、三つ上。まだ二十代の前半。それで、そんな考え方ができるユカさんを、私は尊敬した。

その次の日から、私の、脱衣所でのピアノ演奏も変わったの。

何よりもお客さんに喜んでもらうこと。それだけを考えた。

いつも新地のバーで弾いてたような曲を弾くのはやめて、お客さんからリクエストをもらって、それを演奏することにしたの。

なんだって演奏しました。みんなの、思い出の曲を。

＊

「うん。私も朋子さんにリクエストして弾いてもろたわ。『千と千尋の神隠し』の曲」

また客席の女性陣が盛り上がった。

「銭湯で、『千と千尋』って、ベタやねえ」

「あの頃、まだ小さかった娘連れて、観に行った映画やねん」

「私、タカラヅカ好きやから、『すみれの花咲く頃』リクエストしたよ」

「私は、『きよしのズンドコ節』、リクエスーしたわ。演歌やのに、朋子さん、笑顔で弾いてくれたね。嬉しかったわ」

「アンパンマンの歌も、弾いてくれたねえ」

うん、うん、うん、とその話を聞いた朋子さんも嬉しそうにうなずいた。

＊

そうして、今、みんなが言ってくれたように、深夜の銭湯での私のピアノも、だんだん受け入れられるようになってきてね。

それから何日かして、リクエストしてええかな、って言いに来た女性がいたの。その女性は、前に、「テレビつけて」って言った女性だった。

「もちろん！」

私は笑顔で答えました。

彼女のリクエストは、米米ＣＬＵＢの「浪漫飛行」でした。

聞けば、彼女は十年くらい前に沖縄からこの大阪の待兼山に看護師としてやってきて、伊丹(いたみ)から初めて沖縄に里帰りする飛行機に乗った時に、中でこの曲がかかっていたんだって。まだ大阪に不安を抱えていた時に、この曲を聴いた途端、ものすごく晴れやかな気持ちになった、そんな思い出の曲なんだ、って私に教えてくれました。

演奏が終わったあと、彼女は言いました。

「ありがとう。明日から、また、頑張れるような気がするわ」

私は、涙がこぼれた。

もう誰も、「テレビつけて」って言わなくなった。

5

ユカさんから、劇場にストリップを観に来てほしいって頼まれたのは、ユカさんが私と一緒に相部屋で住むようになってから、八日目ぐらいの時でした。

私はびっくりした。

「えっ、女の人も、観に行っていいの?」

「もちろん。数は少ないけど、女の人のお客さんもいるよ」

「でも、一人で行くの、なんか、勇気、いるなあ」

「ううん。一人じゃないの。松波さんと一緒に観に来てほしいの」

「松波さんと?」

私は頭の中が混乱した。

松波さんは、全盲なの。そう、目が見えないの。その時、五十歳ぐらいだったけど、三十歳ぐらいの頃に失明したらしくて、そこから頑張って按摩の勉強して按摩師になったらしいの。

ユカさんは私の疑問を察して、こう言った。

「あのね。按摩している間に、やっぱり、あたしの仕事の話になるでしょ。それで、ストリップの踊り子やってるって言って、いろいろ話してたらね。松波さん、あたしのステージを観たいって言い出したのよ。あたしもびっくりしたよ、だって、松波さん……。そしたらね、松波さん、こう言ったの。見えなくても、心の目で感じることができる。それで、感じることで、見えてる人より、もっとよく見ることができる。だから、観に行きたい、って」

ただ、いくら感じることができるって言っても、ステージでユカさんがどんなふうに踊っているか、どんなふうに裸になっていってるかっていうことは、ある程度、説明してあげなきゃ、感じようもないでしょ。それで、ユカさんが言うには、私が横について、ユカさんのステージを、松波さんに伝えてあげてほしいって。

「何よりあたしは、松波さんに、私の踊りを観てほしいんだ。だから、お願い」

って、ユカさんに頭を下げて頼まれてね。

それで、私は、引き受けたの。

礼子さんに事情を説明したら、特別に夜から休みをもらえてね。松波さんは、待兼山温泉の常連客でもあったしね。そうして私は人生で初めてのストリップを、ユカさんが出る舞台の最終日の夜、観に行くことになったの。

劇場は梅田駅から乗り換えてひと駅の商店街の奥にありました。

夜、八時過ぎに着くともうその日最後の回のステージが始まっていて、入場料を払って入ったら、入り口の脇の黒い扉の向こうからダンサブルな音楽が聞こえてきて、もうそれだけで、私は、心臓がドキドキしてね。

*

お客さんたちの反応がこのあたりから変わってきた。

みんな、前のめりになって、朋子さんの次の言葉を待っている。

朋子さんが待兼山温泉でアルバイトをしていたことを知っているお客さんたちも、この先の話は知らないのだろう。年配の女性たちも、阪大の在校生やサークルのＯＢたちも。もちろん私も。

お客さんたちの、ゴクリと唾を飲み込む音が聞こえたような気がした。

＊

ユカさんの出番は、五人の踊り子さんの一番目。八時半ごろから始まると聞いていたから、私と松波さんは、ロビーで座って待ってたの。

それから何曲か曲が変わって、大きな拍手のあと、アナウンスが聞こえてきて。

「続いては、キュートな笑顔とグラマラスなボディが自慢の、ユカさんのステージです！」

私は松波さんの手を引いて、扉を開けたの。

前の方の席は空いてなくて、中央の丸いステージ、あれ、デベソっていうのかな、そのデベソの正面の一番後ろの席に座りました。でも、それが都合よかった。そこからもステージはよく見えたし、私は小声で、踊りの様子を松波さんに伝えないといけなかったし。

舞台が暗転になって、ステージの中央にスポットライトが当たると、そこにシルクハットをかぶって、襟の大きな白いシャツに黒革の吊りズボンを穿いたユカさんが、腰に両手を当てて立ってて。

そしたら音楽が流れてきて。

流れてきた音楽は、ビリー・ジョエルの「ピアノマン」だったの。

ユカさんは、「ピアノマン」の歌に合わせて踊り始めました。

私はまずユカさんの出で立ちを伝えて、彼女の動きを、小声で松波さんに伝えたの。

「今ね、ユカさんが、横に軽くステップを踏んだ後、右足を大きく回したよ。すっごい大きくね。

それから目深にかぶったシルクハットを右の指でつまんで、まっすぐ前を向いて、自分を励ますように、左の拳で、自分の胸を叩いてね。あ、今、顔を上げて、優しく微笑んだよ」

うん、うん、と、私が動きを伝えるたびに、松波さんは、満足そうにうなずいてね。

ユカさんの動きと表情をひとつひとつ伝えているうちに、私は涙が出てきました。ユカさんの、「ピアノマン」という歌に託した思いを、聞いていたから。そして、松波さんの、見えない世界の中で踊るユカさんの姿を想像したから。

ラー、ララー、ディディダー、のスキャットと間奏があって、やがて「ピアノマン」の曲がフェイドアウトで終わって。

「今、シルクハットを脱いで、お辞儀しながらユカさん、舞台袖に消えたよ」

一瞬の静寂の後、今度は「レッツ・ゲット・ラウド」という、ジェニファー・ロペスの超陽気な歌が流れて。ラテン調のダンサブルな曲調の歌に変わったの。

「ユカさん、衣装を着替えたよ。今度の衣装はね、真っ赤なミニのツーピース・ドレスに黒いブーツ。胸と手袋には房飾りがついてるよ。ほら、細長い紐(ひも)のような飾り。今、弾(はじ)けるような笑顔で、腰を大きくくねらしたよ。胸の飾りが揺れてるよ」

松波さんが、またウンウンとうなずいて、足でリズムを取り始めた時、私は思った。きっとユカさんがどんなふうに踊っているのか、松波さんにははっきり「視(み)えて」いるんだ。

曲が変わるとまず手袋を脱ぎ払って、ツーピースの上を脱いで綺麗な形のバストを見せて、またいったんステージ袖に消えてから、ハッとするような白いドレスに着替えて、デベソの中央で穿いていた下着を足首に結びつけて、目を閉じて微笑みながら床に頬をつけて後ろに足を上げて、両手の指先一本一本にも、気持ちを込めて……。

何度もポーズを切って拍手を受けるユカさんを見ているうちに、私は実況するのを忘れて、しばらく無言のまま、その美しさに見とれてしまったの。彼女が立ち上がって、ステージからゆっくりと美しい歩調で歩き去るのを見て、ハッと我に返り、ユカさん、まるで、女神のようよ、と、慌てて松波さんに伝えました。

松波さんは、何度も何度もうなずいてた。

そうして、私は、松波さんに、ユカさんのワンステージ二十分の踊りを伝えたの。

暗転のあと、踊り子さんとお客さんとの写真撮影の時間があってね。

松波さんの手を引いて、舞台の下手にいるユカさんのもとに行きました。

「ユカさん、松波さんと一緒に、来たよ！」

「ありがとう！　松波さん、どうだった？」

「うん、すごくよかったよ！」

私は、松波さんの言葉を聞いて、また泣いてしまいました。ボロボロボロボロ、涙が出てきて止まらなくなってしまって。なんであんなに涙が出たのか、自分でも不思議だった。

それはきっと、松波さんが喜んでくれた、ということももちろんあったけど、ユカさんが舞台で踊る姿のひたむきさ、そして何より、彼女の裸の美しさに、感動したんだと思う。それはあの日、あのステージを観に来てた他のお客さんたちも、同じ気持ちだったんじゃないかって。

そうして、ユカさんとの、たった十日間の不思議な同居生活は終わりました。

それから私は、東京の銀座に本社がある楽器の販売会社に就職してね。

その会社は楽器販売の他に楽器教室も全国で展開していて、私はその部門の担当で。

日々の仕事はとても忙しくて、待兼山にいた頃はユカさんも何度か大阪の舞台の折に遊びに来てくれたこともあったけど、それからはユカさんとも松波さんとも会わなくなりました。

無我夢中で働きながら、職場結婚をして、離婚も経験しました。気がつくと、三十歳になってました。私は自分の人生を見つめ直そうと、退職を決意しました。そうして、今の仕事、フリーのピアニストになったんです。子供たちに、ピアノの楽しさを教える仕事をしているうちに、もう一度、自分で、人前でピアノを弾いてみたくなったんです。

退職したのは二〇一二年の四月でした。

仕事も少ないながら、ポツポツと入るようになって、その年の、夏の終わりでした。

そう、八月三十一日。

この日は、私にとって、忘れられない日付です。

待兼山温泉で初めてピアノの弾き語りをした日。あの日から、ちょうど十年が経っていたんです。

私は、久しぶりにあの街を訪ねよう、と思い立って、新幹線に飛び乗りました。

そうして、待兼山駅に降り立ち、待兼山温泉に向かいました。

そこで、私は、愕然(がくぜん)としました。待兼山温泉の建物は跡形もなくなっていて、そこは、だだっ広い空き地になっていたんです。

立て札があって、マンション建設予定地、とありました。

廃業したんだ。知らなかった……。私はその空き地の前で呆然(ぼうぜん)と立ち尽くしていました。

そうしたら、「朋子さん?」と、後ろから私の名前を呼ぶ声がしたの。

振り向くと、ユカさんが立っていたんです。

「ユカさん!」

「久しぶり!」

私たち、抱き合って再会を喜び、それから、もう待兼山温泉がないんだって現実に、今度は二人で、呆然と立ち尽くしました。

「松波さん、元気にしてるかな」

私がつぶやくと、ユカさんも、松波さんとはもう何年も会ってないって。そして、こう言ったんです。

「実はあたし、あのあと、しばらくしてから、何年か、ストリッパーを引退しててね。それでね、いろいろあって、今年の五月から、また、踊ることにしたんだ。やっぱりあたしがやりたいのは、これしかないって、気づいてね」

それで、今日があの日からちょうど十年なんだ、ってユカさんも思い出して、待兼山までやってきたって。あの十年前と同じように。この街が、たまらなく懐かしくなって、って。

二人で、久しぶりに松波さんの店を訪ねることにしました。

松波さんの店は、同じ場所にありました。看板もそのまま。

松波さん!

久しぶり!

その第一声で、松波さんは、誰が訪ねてきたのかすぐにわかってね。

「朋子ちゃんと、ユカさん？」

三人は、私の卒業以来、およそ八年ぶりの再会を喜び合って、それから、待兼山温泉の廃業を悲しみ合いました。

「もうちょっと、早く、来てたらなあ」

松波さんはそう言うんです。

「待兼山温泉が廃業したのは、今年の五月やねん」

三ヶ月前。ああ、そうだったのか。私とユカさんは顔を見合わせました。

「廃業の日。僕は、行きましたよ。閉店間際の零時過ぎに行ったら混み合うやろし、それに、寂しさも倍増するやろから、夜の十時ぐらいにね。僕はしばらく、男湯の脱衣所の長椅子に座ってました。そうしたらね、はっきりと、聞こえてきたんですよ。女湯の脱衣所の方から、朋子ちゃんが弾く、『ピアノマン』の音色がね。それから、はっきり見えたんです。その音色に合わせて、ユカさんの踊る姿がね。あの廃業の日、五月二十一日。今も忘れられんよ」

五月二十一日。

私は、カバンから手帳をとり出して開きました。そして、鳥肌が立ちました。

その日は、私が会社を辞めてから、フリーのピアニストとして初めての仕事が入った日だったんです。二ステージ目の午後十時。私は、その時間、とあるラウンジで、お客さんからリクエストがあった曲を弾いてました。はっきり覚えてます。「ピアノマン」を弾いていたんです。

ユカさんは、私よりもっと驚いた顔をしてました。

「五月二十一日……。私が、ストリップの舞台に、復帰した日……その日の最後の出番で、私は、自分の一番好きな、あの演目を踊ったの。午後十時。演目の一曲目、『ピアノマン』が流れて、私が、舞台で踊った時間……」

違う場所、同じ時間に、「ピアノマン」を弾き、踊っていた二人を、あの待兼山温泉の最後の夜、あの場所で、松波さんは、「視て」いたんです。

以上が、今夜、皆さんにお話ししたかった、私がこの街で経験したことです。

でもね、私は、この話、本当は「奇談」というふうには呼びたくないの。

だって、こういう偶然は、きっといつでも、いろんなところで、いろんな人に、普通に起こっているんだ、と思うから。ただ、みんな、気づかないだけ。

私たち三人は、あの十年後のあの日に、たまたまこの街に集まって、そのことに気づけただけ。

あの二〇一二年の「偶然」から、あと十日で、ちょうど七年ね。

私は、世間からアラフォーと呼ばれる年齢になったけど、今もフリーのピアニストとして、頑張ってます。そしてユカさんは、今もストリップの踊り子としてステージに上がっています。ストリップの世界も最近はどんどん変わってきてるけど、あたしはあたしの信じる、誰にでも楽しんでもらえる自分らしい王道のストリップで頑張るって、久しぶりに会った時に言ってたわ。

今日は十一日。

劇場の初日だから、今頃はきっと彼女も、どこかの街の舞台で踊ってるわね。

最後に一言だけ。

十七年前、私にピアノを弾く場を与えてくれて、ユカさんに出会わせてくれて、そして七年前、銭湯が廃業したその日に、私とユカさんに「ピアノマン」としての人生を、もう一度生きていくための背中を押してくれた、待兼山温泉。そして、この愛おしい街に、心から感謝します。

ほんとうに、ありがとうございました。

＊

深々と頭を下げた朋子さんに大きな拍手が送られた。

私はターンテーブルに、たまたま店の棚にあった一枚のレコードを載せ、針を落とした。

ビリー・ジョエルの「ピアノマン」が店内に流れた。

おお、なんという、ええタイミングや、と仁ちゃんが言った。私は答えた。

「さっきスマホで調べたらね、おととい、五月九日は、ビリー・ジョエルの、七十歳の誕生日らしいですよ」

「二日違いか、そこは、惜しいなあ」仁ちゃんが笑った。

ずっと黙っていた沖口さんが、ニッコリと笑って言った。

「今夜もきっと、どこかのバーやいろんなところで、『ピアノマン』が流れていて、そこにいる人たちの人生を、励ましてるんでしょうね」

ビリー・ジョエルの七十歳と二日目の夜が、静かに更けていった。

第四話　ジェイクとあんかけうどん

1

「今年も、もう六月か」

　仁ちゃんはそう言って、三分の一ほど残ったアイスコーヒーをストローでじゅるじゅる吸った。

　私はカウンターの中の日めくりカレンダーを見た。たしかに仁ちゃんの言う通りだった。

「さっきな、待兼山駅の西口の前に立ったらな、あの大通りの向こうにまだうっすらと青空が残っとったんや。今日はええ天気やったからな。けどな、もう夜の七時過ぎてるんやで。それでな、日、長なったなあ。ああもう六月か。もうすぐ夏至も近いんやなあ、って気いついたんや」

　普段はそんなことに気を回す仁ちゃんではない。季節の移り変わりのことより阪神タイガースの順位の移り変わりの方がはるかに人生の大きな関心事で、現にさっきまではスポーツ新聞を見てタイガースのこのところの投手陣の不甲斐なさを嘆いていた。カウンターに入っていたバイトの繭子も同じことを思ったらしい。

「仁ちゃんが、そんなお天道（てんと）さんの巡りのこと気にするって、柄やないなあ」

「俺かて、そんなこともあるがな」仁ちゃんの大きな鼻の穴が膨らんだ。

「雨、降るんちゃう?」

「なんでやねん。たしかに梅雨は近いけど」

仁ちゃんがすかさず言い返す。

「いや、俺はな、その明るい空を見た時にな、今年の初めに見た『待兼山ヘンジ』のことを思い出したんや。あの大通りにすっぽり沈む、夕日のことをな。けどなあ、あの日、夕日が沈んだんは、五時頃やってんで。そやのに今日、七時過ぎてるのにまだあの空に青空が残ってるの見てな、ああ、季節ってあっという間に過ぎるんやなあって」

「ああ、そういうことか」藺子はうなずいた。

待兼山ヘンジ。私もそれを聞いて思い出した。

四月の十一日から始まった「待兼山奇談倶楽部」は、すでに二回を終えていた。三回目が今月、六月十一日に予定されている。

「それで思い出したけどな、仁ちゃん」私は言った。

「三回目にして、初めて、話をさせてほしい、っていう人が現れたんや」

「へえ」と仁ちゃんと藺子が同時に声をあげた。

「誰？　誰？」と藺子が身を乗り出す。

「うどん屋の『能登屋食堂』の、ふみ子おばあちゃんや」

「ああ、能登屋食堂の」

仁ちゃんが大きくうなずいた。

「うちのパン屋も歴史古いけど、能登屋食堂もこの商店街では、かなり古いからなあ。戦前からあそこにあるねん。店構え、昔と何も変わってないしな」

「私も能登屋食堂、よう行くよ。うどんもそばも美味しいし、丼もんもね。値段が安いねん。たいがい五百円でお釣りくるもん。そうそう。お店の棚に、なんか、古い木の箱、ずらっと置いてあるよね。あれ、なんて言うの？　デリバリーの」

「岡持？」

「そう！　岡持！　なんか、めっちゃ時代、感じるわあ。私、その時代知らんけど」

「昔は出前もやってはったんや。今は、やってはらへんみたいやけどな」

兄、そして先代の父も、一階の本屋が忙しい時代には、よく昼間、能登屋食堂から出前を取っていたのを思い出した。

「能登屋食堂のおばあちゃんかあ」

仁ちゃんの顔がほころぶ。

「もう、八十超えてはると思うけど、俺らの子供の頃からずっと、おばあちゃんのお父さんと一緒に親子で店で働いてたよな。お父さんが亡くなってからも、ご主人と一緒に店継いで、今も元気に店に出て働いてるもんなあ」

「腰もシャキッとして。私、あんなおばあちゃんになりたいわ」

小柄なとこも似とるなあ、と、仁ちゃんは軽口を叩き、それから真剣な表情に戻って言った。

「能登屋食堂のおばあちゃんの、不思議な話って、なんやろなあ。めっちゃ気になるわ」

「待兼山奇談俱楽部」も、二回目を終えたあたりから街の人たちに浸透し始めていた。喫茶マチカネでも時々お客さんが話題にしてくれたし、能登屋食堂のおばあちゃんも、お店に来たお客さんの誰かからこの会の話を聞いたらしい。喫茶マチカネにやってきて、私もみんなに聞いてほしい話が、ないこともないいんやけどなあ、と、名乗りを上げてくれたのだった。

「ふみ子おばあちゃん、言うてたわ。その話は、まだ、誰にも言うてない話やって。それだけ言うて、おばあちゃん、帰って行った」

「うん、それは楽しみや」

仁ちゃんが膝を打った。

*

日はさらに長くなったが、さすがに午後九時になると夜の帳（とばり）はすっかり下りる。

六月十一日。火曜日。

梅雨入りはまだ先だったが、あいにくこの日は夜から雨がぱらついてきた。

それでも今夜は人気者の能登屋食堂のおばあちゃんが話すとあって、狭い店内は満員だ。いつものように客層はさまざまだ。追加の椅子も用意したが、午後九時を前にして全部埋まった。仁ちゃんも沖口さんも、いつものカウンターの席に陣取っている。私の兄の姿もあった。

そして、能登屋食堂のおばあちゃんが濡（ぬ）れた傘を手に入り口を開けて入ってきた。

「ごめんねえ、遅なって」

「待ってたでえー！　ふみ子ばあちゃん！」

声がかかった。

能登屋食堂のおばあちゃんははにかむように顔をクシャッとした。顔にはシワが多いが、小さな瞳は生き生きとして、笑うとなんとも愛嬌（あいきょう）がある。お客さんにちょこんと礼をして、用意された椅子に腰掛けた。

いつものように私が挨拶をして、その夜の「待兼山奇談倶楽部」が始まった。

2

こんにちは。村田ふみ子と申します。今日は、雨も降ってますのに、私の話のために、こんなに集まっていただいて、なんか恐縮しますわ。こんなぎょうさんの人の前で話したことなんか、生まれてからいっぺんもないですさかい、うまいこと、話、できるかどうか、ほんま心細いんですけど、どうか、最後まで、聞いてくれはったらと思います。

この話をする前に、まず、私の父親が、私の「能登屋食堂」の話を、せんなりません。

能登屋食堂はね、私の父親が、昭和十二年に待兼山で始めた、小さい食堂です。うどんと、そばと、丼もんが中心のね。

父親は、屋号からもわかるように、石川県の能登出身でね。大正十四年に、大阪に出てきました。それで最初は豊中の服部で、けっこう大きな豆腐屋で奉公してたんです。能登は、農業と漁業ぐらいしか働き口のないとこでしてね。長男以外はみんな、大阪とかに働きに出るんですわ。うちの父親は農家の三男やから、やっぱり大阪に出てきました。それで、豆腐屋というのはね、大阪では古うから、能登の人間が生業にしてる仕事なんですわ。冷たい、朝早い、きつい。今でいう、3Kみたいなもんで、都会の人はあんまりやりたがらん仕事です。そやけど能登の人間は、口は下手やけど、我慢強い。豆腐屋の仕事ぐらい、なんちゅうことはない。それで、故郷から人手を集めたり、伝手を辿って働きにきたりして、皆で助け合いながら、広まっていったんやと思います。今でも大阪の豆腐屋さんの半分近くは、能登出身の人がやってるんと違うかなあ。もっとも、豆腐屋さん自体が、今では少のうなってしもうたけどね。

父は大阪に出てきた時、十八やったそうです。それでこっちですぐに結婚して、子供ができました。私の兄さん、長男です。父はその店で奉公を五年して、二十三の時に、同じ豊中の岡町で、小さな自分の豆腐屋を持ちました。その間に次男が生まれて、自分の豆腐屋を始めてから二年ぐらいして、私が生まれました。それで、私が三歳ぐらいの時に、豆腐屋をやめるんです。

昭和十年のことやと聞いてますけど、同じ阪急宝塚線の曽根の駅前にね、星ヶ岡茶寮ていう高級料亭ができたんです。古い人は知ってはる、思いますけど、北大路魯山人ていう、その道ではえらい有名な人が経営に関係してた料亭でね。もともとは東京の赤坂やったか永田町やったかに店があって、そらもう、政治家さんや大会社のお偉いさんが出入りするようなとこで、普通の人がとても入れるような店やなかったそうです。その星ヶ岡茶寮が大阪にもできることになって、その場所が、曽根の駅前やったんです。ほら、今、駅の東側の、大きな市立の文化芸術センターとロータリーと駐車場があるあたり。あのあたり一帯が、全部料亭の敷地やったんです。なんせ、四千坪あった、いいますから。ものすごい大きな庭園があって、その池にボートがぎょうさん浮かんでたらしいです。まあ、普通の店とは桁違いの高級料亭です。

その料亭の、料理長やってた人が、能登出身でね。実は、私の父親の、従兄弟にあたるんです。そう、若い頃から東京に出て、えらい頑張って、大阪の星ヶ岡茶寮の料理長を任されるまでになったんです。それで、その料理長さんが、従兄弟やった私の父に、声をかけてきたんです。おまえ、そんな豆腐屋なんかやってんと、うちで働かんか。何年か修業したら、どこぞで店の一軒も持たせたるで、て言われたそうです。その時、父には、私も含めて三人の子供がいましたしね。その言葉に惹かれて、豆腐屋をたたんで、料亭の板場の見習いに入ったんです。

もうその時、父は二十八ですからね。えらい遅い見習いなんですけど。けど、父は、家族のために、一生懸命働いたそうです。鍋洗いや包丁研ぎから始まって、じきに料理もひととおり教えてもらえたそうです。芦屋(あしや)に六麓荘(ろくろくそう)ていう高級住宅街がありますでしょ。あそこは当時からあったらしくて、政財界のお偉いさんがぎょうさん住んでて、その邸宅まで、出張料理にも何回も出かけて鍋を振ったことがある、言うてました。

けど、父は、その星ヶ岡茶寮を、二年で辞めてしまいます。

父は、料理長の親戚筋に当たりますから、逆に料理長や上の人からはめちゃくちゃ厳しく扱われたそうです。親戚やからって甘(あま)うに扱うと、周りに示しがつきませんからね。それは当たり前のことです。けどね、父にとってはそんなことは、なんともなかった。辞めた理由は、そんなことやありません。

父は、生まれて初めて見るそんな世界に、どうしても、馴染めんかったそうです。能登の、貧しい農家の子供ですからね。従兄弟は、たまたま東京に出て行って成功したけど、自分とはまったく違う世界の人間に見えたそうです。一緒に働いてる見習いの人たちも、みんな日本全国から、一流の料亭の跡取り息子や、料理長見習いが、修業に来てるんです。

別に彼らのことが嫌いやったわけやないけど、自分は、彼らと話してるより、たまに行く大阪の中央卸売市場の、魚屋や八百屋の人らと話してる方が、ずっと楽しい。そういう人らと話してると、自分がおる窮屈な世界から解放された気がしたんやって、言うてました。それに、世の中には、ほんまに生きるか死ぬかの貧しい生活をしてる人が、いっぱいいてる。故郷の能登にも、大阪にも。その一方で、料亭で美食に舌鼓を打って贅沢三昧してる人らがおる。これはいったいなんなんやって、父の心の中で、そのことが、どうしても、整理がつかんかったそうです。実は、父は料理長から、先々は、曽根崎警察署の食堂の料理長をやらへんかって、声をかけられてたらしいです。うん、と首を縦に振ってたら、父の人生も、私らの人生も、また違ったもんになってたんでしょうなあ。けど、父は首を横に振って、星ヶ岡茶寮を辞めました。

そうして、待兼山の商店街で始めたんが、能登屋食堂です。

皆さん、私の、こんな身内の話、このまま、続けても、よろしいんですやろか？

ああ、ぎょうさんの方が、うなずいてくれてはります。ありがとうね。ほな、皆さんに甘えて、この先の話も、続けさせてもらいます。

最初にも言いましたように、父が待兼山の商店街で能登屋食堂を始めたのは、昭和十二年のことです。メニューは、今と、ほとんど同じ。うどん各種と、そば各種と、丼もん。八十年以上、変わってません。

父は星ヶ岡茶寮で修業してましたから、ひと通りの料理はできました。けど、庶民が安うで食べられる料理だけ出す店にする、と最初から決めてたようです。庶民の街の待兼山の商店街に店を出したんも、同じ理由やと言うてました。

その時、長男は、十二歳。次男は、七歳。私が、五歳。

三人の子供を抱えて、大衆食堂を始めるのは、勇気が要った、思います。けど、母は、お父ちゃんの思うようにしたらええ、とだけ言うて、あとは何にも言わんかったそうです。

お客さんは、毎日ぎょうさん、引きも切らずに来てくれたそうです。

味は、やっぱり、良かったんやと思います。二年間とはいえ、一流の料理をその目で見てきた、いうのは、やっぱり父にとって大きかったんでしょうね。それに、今もそうやけど、とびきり安かった。

ある日、昔、父が働いてた豆腐屋の主人が来てくれて、えらい味を褒めてくれたことがあったそうです。あの時は誰に褒められた時よりも嬉しかった、と、父はようそのことを言うてました。お客さんの「美味しい」「安い」の声を励みにして、父と母は頑張ってきたんやと思います。

まだ、私、小さかったですけど、父と母が、身を粉にして働いてる姿を、よう覚えてます。朝はまだ暗いうちから働いて、私が布団に入ってからも働いてました。お父ちゃんとお母ちゃん、いつ寝てるんやろ？　私はいつもそう思うてました。

けどね、父が能登屋食堂を始めた昭和十二年というのは、ちょうど日本と中国が、戦争を始めた年でね。私はまだ小さかったから、ようわかりませんでしたけど、それでも私が小学校に上がる頃には、世の中が、なんとのう勇ましい空気になってきたことが、はっきりとわかるようになりました。母は国防婦人会、いうのに入ってて、中国戦線で戦って怪我して帰ってきた近所の兵隊さんの世話なんかしてました。夜中には、兵隊さんに送る慰問袋も、一生懸命、作ってました。当時はそれが当たり前のことでした。

一方で父はね、あの戦争を、疑いの目で見てました。「誰がこの戦争をしかけとるんや」。私は幼心に、ある時、父がそう漏らしたことをはっきりと覚えてます。その時、父の頭の中には、かつて働いてた、あの高級料亭に出入りしていた政治家や財界の偉いさんたちの姿が浮かんでたんかもしれません。もちろん、そんなことは、私ら家族以外には、絶対に言いませんでした。そんなん言うてるんが外に漏れたら、特高に引っ張られますからね。

それでもね。世の中は、まだ明るい時代でした。食堂にはお客さん用に、『アサヒグラフ』っていうグラビアの雑誌を置いてましてね。ひとときは中国との戦争のことばっかり載せてましたけど、時々は女優さんやスポーツなんかの華やかな話題も載っててね。食堂も、ものすごい繁盛してました。郷里から若い子を二人ほど呼び寄せて、厨房や出前の仕事をさせてました。それでも人手が足らんで、私の一番上の兄さん、春夫っていう名前で、私ら、春にいちゃんって呼んでましたけど、まだ中学生やったけど、学校から帰ってきたら、店を手伝うてました。

それで、私が小学校の三年生ぐらいになると、世の中が、急に暗うなってきてね。生活もぐっと質素になって、私も、モンペを穿かされて学校に通うようになりました。

春にいちゃんは、私と違うて、頭が良うてね。旧制中学に通うて、そこから京都の三高、今の京都大学に行きました。

小さい頃から本を読むのが好きでね。特に詩が好きで、将来は、小説家になりたいって、父や母に言うてたらしいです。両親は、おまえの人生や、おまえの好きにしたらええって言うてたそうです。泳ぎが得意でね。子供の頃、夏になったら家の近所に流れてた箕面川で、よう一緒に遊びました。今ではもう見んようになった、オオサンショウウオなんかを川に潜って素手で捕まえたりね。

そうこうするうちに、突然、アメリカとの戦争が始まったんです。真珠湾攻撃ですね。

それで、大学に入学したその年に、春にいちゃんに、赤紙が来たんです。召集令状です。昭和十九年のことです。戦局が悪化して、前の年から、徴兵の年齢が、満二十歳から十九歳に引き下げられたんです。兄はちょうど十九歳でした。

大阪駅から戦地へ赴く春にいちゃんを、私も母に手を引かれて見送りに行きました。

母がボロボロと泣いてたことだけを、よう覚えてます。

出征してから、春にいちゃんがどの戦地へ赴いたんかは、私らにはわかりませんでした。そういうのは秘密にされたんです。けど、戦局は大陸から南方へと変わっていましたから、南方戦線に送られたんやろう、ということは、なんとのうわかりました。

その頃から、新聞には、玉砕、とかいう文字が目につくようになりました。父と母は、新聞を読むのをやめて、勇ましい記事ばっかり載せる『アサヒグラフ』も店に置くのをやめました。

そうして、終戦です。

あれは、終戦の年の秋頃でした。役場から、大事なもんが届いてるから取りに来いって連絡があったんです。父は行かずに、母と私とで受け取りに行きました。

帰ってきて開けると、そこには、大きな石ころがひとつと、紙切れが入ってました。紙切れは、春にいちゃんの戦死公報でした。

まず母がそれを見て、大声で泣きました。今もその泣き声が耳から離れません。

家に帰った母からそれを渡された父はすぐにそれを破って捨てたんで、そこに何が書かれてたんかは、今もようわからんのですけど、母が父に渡す前に、私もちらとその紙を読みました。

難しい漢字ばっかりでしたけど、フィリピン、っていう国の名前と、クラークっていうカタカナだけが、頭に残ってます。そのクラークが、地名なんか、何の名前なんかもようわかりません。下の兄に言わせると、なんやら島っていう、島の名前が書いてあったっていうんですけど、私はそれも、はっきり覚えてないんです。

ただ私が、もう一つ、はっきり覚えてることがあります。それは春にいちゃんの戦死した日付でした。

昭和二十年の四月二十四日でした。

戦死公報を破って捨てた後に、父が言うた言葉も、はっきりと覚えてます。

「こんなもんは、嘘や。春は、生きてる。必ず、帰ってくる」

3

それから、月日は、あっという間に経ちました。

母は、終戦から二年後、腸チフスで亡くなりました。母は戦後もそれまでと同じように帰還した兵士たちの世話をしてたんですが、どうも、戦地から帰ってきた兵士が持ち帰った伝染病に感染したようです。母もまた、戦争によって命を落としたんです。

母が死んだ時、私は十五歳でした。中学を卒業して、私は下の兄と一緒に、一人になった父を手伝って店で働きました。

父は、家に春にいちゃんの遺影を飾ることを許しませんでした。

父が、春にいちゃんが生きてるってずっと信じてたのには、理由があったんです。

春にいちゃんと同じ部隊にいた、旧制中学時代の友人が、終戦後、しばらくしてから、店に訪ねてきたことがあったんです。

「春は、帰ってますか」って。

その友人が言うのには、自分たちが戦地から撤退する時、途中の、大きな川のほとりで、春にいちゃんが水浴びをしてるのを見かけたって言うんです。そやから、春も、日本に帰ってきてると思ったって。

「それ、ほんまに、春やったんですか」

問い詰める父に、友人は、

「ええ。自分もあの時は、満身創痍でほとほと疲れ切ってたから話しかけはせんかったけど、奴のお尻に、見覚えのある大きな痣がありましたからね。そやから、間違いないと思います」

その戦友の言うことが、どれだけ確かなことかわかりません。たとえほんまやったとしても、その後の春にいちゃんの消息は、わかりません。それでも父は、その言葉を頼りに、春にいちゃんが生きて帰ってくるって、ずっと信じてました。

私と母は、春にいちゃんの命日が四月二十四日と知ってましたから、お寺さんにはそれを伝えてました。そやからお寺さんは、兄の三回忌、七回忌、十三回忌と、節目のたびに父に法要を勧めに来るんですけど、父は、そのたびに追い返してました。

「いや。春は、生きてるんや。法要は、必要ない」

そのたびに、私は、父の気持ちはようわかりますんで、とお寺さんに謝ってました。

でも私は、毎年四月二十四日になると、父には黙って、うちの家の菩提寺であるその京都のお寺さんにお参りに行ってました。そのお寺には、春にいちゃんが出征する前に遺品として残した、髪の毛と爪をお納めしてましたから。

十三回忌の次は、十七回忌です。

昭和三十六年ですね。父はやっぱり法要を断りました。

春にいちゃんは、その年、もし生きてたら……三十六歳です。

いっぺんこんなことがありました。

うちの店は昭和十二年からありますんで、戦前の古い家屋やし、その頃になるともう店を建ててから二十年以上経ってましたんで、結構いろんなとこにガタが来てて、下の兄が店の構えを改装したいって言い出したんです。

そうしたら、父が激怒したんです。

「アホか！　そんなことしたら、春が帰ってきた時、家がどこか、わからんようになるやないか！　春が帰ってきてもすぐ家がわかるように、店構えは、絶対にそのままにしとくんや」

はい。それで、うちの能登屋食堂は、今でも昔のままの、あの姿なんです。もちろんいろいろ傷んではきますんで、店の中はちょこちょことは手は入れてますけど、外観は、ほんま昔のままなんです。ちょっと太めの格子が入った窓と、能登屋と染め抜かれた行灯（あんどん）。それから、屋号が墨文字で書かれた表の緑の看板。全部、春にいちゃんがおった頃の、昔のままです。春にいちゃんが、帰って来た時に迷わんように。帰ってくるのを、ずっと待つためにね。

＊

私は自分の父のことを思った。

父は、ふみ子おばあちゃんが話した春にいちゃんと、ほぼ同じ歳（とし）だった。

若い頃に肺を病んで兵役は免れ、病弱で先は長くないと考え、どうせ早く死ぬなら、と、日本海の寒村から大阪に出てきて、この待兼山で本屋と喫茶店を始めた。

昭和二十九年と聞いている。その時、すでに能登屋食堂はこの街にあって、春にいちゃんが帰ってくるのを待っていた。それからも、ずっと……。しかし、今日まで、そんなことは知らなかった。

当たり前のように見慣れていた街の風景が、まったく違う様相で私の脳裏に立ち現れた。

＊

そうこうするうちに、私も、結婚しました。主人は宝塚の方でやっぱり食堂をしてた家の三男でした。

昭和三十二年でしたかな。それから次兄夫婦が、能登屋食堂から離れることになって、母を亡くしてから独身を通してる父と、私ら夫婦の三人で、能登屋食堂を続けることになったんです。手伝いの人も雇うてね。翌年には長男も生まれました。

能登屋食堂は、順調でした。ちょうど日本は、高度成長期に入ってましたから、待兼山の商店街も、あの頃はほんまに活気にあふれてました。商店街以外にも、あちこちに、公設市場もできてね。公設市場。懐かしいねえ。うちの店の近くにもありました。ほら、覚えてはりますやろ。商店街の裏手の、国道沿い。まだ、畑と空き地ばっかりやったとこに、ポツンとね。いろんな店が入ってたね。魚屋は伊勢から来てはった人で、大阪の市場にはない魚もあって、人気あったね。他に八百屋や天ぷら屋、果物屋とかね。夏には金魚すくいの店も出てましたなあ。

その中に、駄菓子屋さんが入ってました。パンとか缶詰とかアイスクリームとかいろんなもんも置いてて、まあ言うたら、食品の雑貨店やね。うちの息子の正章も、よう駄菓子を買いに行ってました。

その店は、ちょっと、変わっててね。

フィリピン人の、おばさんがやってたんですよ。

そう。覚えてる人、いてるでしょ？

その人、見た目は、日本人に見えるんですよ。太ってて貫禄があって、丸いメガネをかけててね。けど、話すと、日本語が、ちょっと片言でね。それで、日本人やない、とわかる。

旦那さんはおらんようで、十七、八歳ぐらいの息子さんがひとり、いてた。その息子さんと二人で、店、やってました。その息子さんが、ジェイクっていう名前でね。

そやから私らは、あの店のことを、ジェイクのお店って呼んでました。

うちの正章はまだ小さくてジェイクとは歳は離れてたけど、すごいかわいがられててね。ジェイクは英語もできるから、英語を教えてもろうたりね。これなんて言うの？　バイシクル。これは？　アンツ。蟻って、アンツって言うの？　ほな、ゾウは？　エレファント。そうやって教えてもろた英語を、うちの家で得意げに言うんです。

今、正章が高校で英語の先生をやってるのも、ジェイクの影響やねえ。

ジェイクが初めて能登屋食堂にやってきた時のことは、今でも、はっきりと覚えてます。あれは、ちょうど今みたいな、蒸し暑い、夏の初めの夕方頃でした。もう、今にも死にそうに、ふらふらになりながら、男の子が店に入ってきたんです。

そうして、突っ立ったままで、片言の日本語で、こう言うんです。

「ごめんなさい。ぼく、おなかがすいた。なにか、たべさせてください」

私は、びっくりしてね。厨房にいた、父を呼びました。

父は何も聞かずに、まず彼を椅子に座らせて、コップいっぱいの水を飲ませてから、

「うどんでええか?」

と聞きました。彼はウンとうなずいたんで、父は厨房に戻ってうどんの入ったどんぶりを持ってきて、彼の前に置きました。

「あんかけにしといたで。これ食うて、精、つけや」

うちの店のあんかけうどんは北海道産のジャガイモ澱粉を使うてみりんと醤油と塩で味付けした簡単なもんやけど、生姜がたっぷり入っててね。あんかけやし、腹持ちもええ。父はそこに、普段は使わん卵も落として食べさせたんです。

男の子はオイシイ、オイシイ、て、涙流して喜んでね。

「どこから来たんや?」って聞く父に、フィリピンって答えました。母親と一緒に日本に来て、待兼山の公設市場の中で働いてるって言うんです。名前は? って聞いたら、ジェイクって答えました。

父は、すぐに、ジェイクと一緒に、公設市場にあるっていう母親の店に行きました。

フィリピンっていうのは、春にいちゃんの死んだ場所……、いや、父に言わせると、息子の春が生きてる場所ですからね。何か、手がかりが摑めるかも、と、思うて行ったんでしょうね。

でも、父は、しょげ返って、帰ってきました。

あとあと、私らもジェイクの母親と接してわかったことですけど、彼女はすごい気のええ陽気な人なんですけど、自分がなんで日本に来たか、とか、フィリピンで何をしてたかとか、ジェイク以外の自分の家族のことを、私らが聞いても、何も語りませんでした。ただ、マニラで生まれて、マニラから日本に来た、いうことだけは教えてくれました。

とにかく父は、息子の手がかりになるようなことは、ジェイクのお母さんからは何も聞けんかったようです。まあ、そら、そうですわな。聞かれた方にしたって、そんなん、雲を摑むような話ですからな。

父は、ジェイクのことを、ほんまにかわいがりました。

父は故郷の能登を出て大阪で食堂を始めたし、海を越えて遠い日本にやってきたジェイク親子に、共感する部分もあったんやと思います。

そうそう。ジェイクは、お母さんの店で働きながら、ボクシングを習うてたね。

ほら、うちの店からいうたら、あの、前の踏切の手前を線路沿いに南へ行ったとこ、衣料品店の二階に、今でもボクシングジムがあるでしょ。そう、ゴーダ・ボクシングジム。ジェイクは、あそこに通うてたんです。なんでも、名前は忘れましたけども、フィリピンにいてた頃、近所にライト級かなんかの世界チャンピオンになったことのある人が住んでて、街のヒーローやったらしいんです。フィリピンでは、日本以上にボクシングが花形のスポーツらしくてね。ましてや、家の近所に元世界チャンピオンがおったら、そら、憧れますわなあ。

それで、ぼくもいつか世界チャンピオンになるんや、言うて、毎日練習に励んでたんです。父は、そんなジェイクを応援しててね。

練習が終わったら、いつでもうちの店へ来い。それで、好きなもん、食べて帰れ。代金はいらん。おまえが、世界チャンピオンになった時に、払(はろ)うてくれたら、それでええ、言うてね。ジェイクは、喜んでね。それから、毎日、ジムでのトレーニング終わりに、うちに来るようになりました。

けどね、ジェイクがうちに来た時に頼むんは、いっつも、あんかけうどんなんです。

「おばちゃん、あんかけうどん、ちょーだい！」

垂れ目の目尻をきゅっと下げて、そう叫ぶんです。

また、あんかけうどんかいな。うちのお父ちゃん、なんでも好きなもん食べてええ、言うてんねんから、もっと丼もんとか、精のつくもん、頼みいや。

そう言うても、ジェイクは、あんかけうどんしか頼まんのです。

「ぼくね、あのひ、たべた、あんかけうどんのあじ、わすれられへんよ。れんしゅう、おわって、へとへとで、しにそうやったけど、あのあんかけうどんで、げんきになったよ。あのあんかけうどんが、いちばんげんきでるよ」

まあ、そうは言っても、父はいっつもあんかけうどんと一緒に、鶏(とり)の唐揚げとか豚カツとかを皿に載せて出してたけどね。

それから、ジェイクは、銭湯に行くのが好きでね。今はもう廃業してなくなったけど、あの、待兼山温泉ね。うちの店からも、公設市場からも近かったからね。

父も、よう、私の息子の正章とジェイクと二人で、待兼山温泉に行ってましたよ。

正章もね、まだ小さかったけど、ジェイクに、ようファイティングポーズをとって、パンチを繰り出してね。ジェイクも相手になってくれて、よう二人でボクシングの真似事をして遊んでました。

そうやってジェイクがうちの店に来るようになって二年ぐらいした時に、ジェイクがプロテストに受かってね。デビュー戦を、店を休んで、みんなで観に行きましたよ。

たしか、東住吉の、区民ホールやったかなあ。相手は、ジェイクよりもずっと大柄に見える日本人でね。フェザー級？　バンタム級？　なんしか、ほんまに同じ階級なんか、と思うぐらい、体格に差があるように見えた。けどね、ジェイクは、勝ったんです。三ラウンドＫＯでね。

「やったあ！　ジェイク！　やったなあ！」

父は大喜びです。

「うんうん、あんかけうどんの、おかげ！」

ジェイクも顔をくしゃくしゃにして、喜んでました。

ちょうど、東京オリンピックがあった頃でした。

その後も、ジェイクはボクシングを続けてたね。成績は、一回勝ったら、次に負けて、みたいな感じで、いや、負けの方が、多かったかなあ。とにかく、パッとした成績やなかったね。それでも、世界チャンピオンになる夢は諦めてないみたいでね。毎日、一生懸命、練習に励んでましたよ。そうそう、何年かしたら、漫画で「あしたのジョー」いうんが始まってね。毎週、「あしたのジョー」が載ってる雑誌の発売日になったら、ここの一階のらんぷ堂書店に行ってね。ジェイクとうちの正章は、小遣いを出し合うて、よう一緒に読んでましたわ。私もあの漫画は好きでね。他の漫画は読まんけど、あの漫画だけは正章から雑誌借りて、よう読んでました。

4

ジェイクとジェイクのお母さんが、フィリピンに帰ったのは、大阪万博の年でした。

結局、ジェイクとお母さんは、八年ほど、日本におったことになるんかな。

もう、ジェイクは、二十五、六の、立派な大人でね。

日本語も、すっかり上手になってました。

「能登屋のおっちゃん、いろいろお世話になりました。能登屋のこと、おっちゃんのこと、おばちゃんのこと、この街のみんなのこと、僕、一生忘れません」

「何を水臭いこと言うてんねん。またいつでも、日本に遊びに来たらええがな。また、あんかけうどん、食べに来いよ」

そう言う父も、ウンウンとうなずいてるジェイクも、横で聞いてる私も、みんな鼻水をすすりながら、手を握り合って、抱き合いました。

「ジェイクにいちゃん、英語、いっぱい教えてくれてありがとう」

そう言いながら、小六になった息子の正章はジェイクの腹を拳骨(げんこつ)で叩く真似をしました。ジェイクはそれを大げさによけて、まだ正章が幼かった頃にようやってたように、二人でボクシングの真似をしてじゃれ合いました。

ジェイクと母親を乗せて飛び立った飛行機を、父は泣きながら伊丹空港のデッキで、いつまでも眺めてました。

それから五年ほど経ってから、でしたかな。ジェイクから、航空便が届きました。英語で書かれた手紙と、英語の新聞記事の切り抜きが入ってました。もう英語の新聞ぐらいなら読めるようになってた正章が、まず新聞記事を訳してくれました。

「うわあ、ジェイクの母さんとジェイクのことを紹介した記事や。日本に出稼ぎに出て、大成功してマニラに帰ってきた、って書いてあるで！　今はマニラで雑貨屋やってんねんて。大阪の待兼山という街にあった『NOTOYA RESTAURANT』の家族に、とてもお世話になりました、やって！」

「レストランって！」

その記事には、私らが知ってるジェイクとジェイクのお母さんの面影から、五歳ほど歳を取ってる二人の笑顔の写真が載ってました。

それから、正章は、ジェイクが書いた手紙を日本語に訳して読み上げました。

日本で大変お世話になったお礼が綿々と綴られてました。マニラで地元のフィリピンの女性と結婚して、息子ができたことも。家族の写真も入ってました。そして、最後に、びっくりすることが書かれてたんです。正章が、すっとんきょうな声をあげました。

「ジェイク、来月、日本に来るんやて！　それも、ボクシングの試合で、やって！」

5

ジェイクのボクシングの試合会場は、東京でした。

私と父と、正章は、店を休んで、東京まで観に行きましたよ。五年ぶりに、ジェイクに会うためにね。場所は、後楽園ホール、いうとこでね。大きい会場ですよ。

メインイベントには、当時結構、有名な日本人選手の試合が組まれてたんやけどね、ジェイクの試合は、その、前座も前座。メインイベントまで六試合ほど組まれるんやけどね。最初から二番目でした。

相手は日本人選手でね。まだ若いんやけど、五戦五勝て言うてたかな、とにかく今、勢いのある選手、いう評判でした。

その日本人選手の相手の、ジェイクがリングに上がった姿を見て、私らはびっくりしました。五年ぶりに見たジェイクは、えらい太ってたんです。お腹も、ちょっと出てる感じでね。よう考えたら、ジェイクは、もう三十なんですよ。多分、戦う日本人選手と、十歳ぐらいは年齢、離れてます。私は、フィリピンに帰ってからも、三十まで雑貨屋をやりながらボクシングを続けてたジェイクに、あらためてびっくりしました。大声出して、応援しましたよ。

「ジェイク、頑張れ！　能登屋のみんながついてるで！」

日本人の私らが、横断幕を手に持ってフィリピンから来た無名の選手を応援してるのを見て、周りの客は妙な顔してました。私らそんなんお構いなしで、ずっと声を張り上げてました。ジェイクが、何回かちらっと、こっちを見たような気がしました。

試合は、最後の六ラウンドまでもつれました。

けどジェイクが優勢やったラウンドは、二ラウンド目ぐらいだけで、あとは、ずっと押されっぱなしでした。途中何回かダウンも食らって、そのたび、立ち上がって、ファイティングポーズを取りました。四ラウンド目ぐらいから、ジェイクの顔はパンチを浴びまくって腫れ上がってました。

それでもジェイクは最後まで戦いました。

結果は、〇－三で判定負け。相手の選手は、なんでこんな選手にこんな手こずるんや、とでも言いた気な表情で、首をかしげながら右の拳を上げて観客の声援に応えてました。


私らは、控え室にジェイクを訪ねました。

ジェイクは、私らを見ると、一人一人抱きしめて喜んでくれました。

パンチを食らって真っ赤に腫らしたジェイクの右目からは、涙がこぼれてました。

私らも、泣きました。

「おっちゃん、おばちゃん、正章。来てくれてありがとう。応援、ずっと聞こえてたで。勝ちたかったけど、仕方ないわ」

ジェイクはそう言って笑いました。

私は、ジェイクの言葉に残ってる大阪弁を聞いて、また泣きました。

「家族も紹介したかったけど、飛行機代、僕の分しか出んかったからね。泊まりもでけへんから、もう今夜、帰らんとあかんねん。本当は待兼山に帰りたかったけど。でもみんなが来てくれて、ほんま、嬉しかった。ありがとう」

「ジェイク、よう頑張った。ええ試合やったよ」

父はジェイクの手を握りました。

「おっちゃん、ありがとう。僕は、今日で、ボクシング、引退や。世界チャンピオンにはなられへんかったけどな。けど、精一杯、やったよ。最後の試合は、日本でやりたかったんや。それで、プロモーターの人に無理言うて、マッチ組んでもろたんや」

「そうか、そうか」

父は、そう言ったきり、もう言葉が続かんようでした。

「ジェイクにいちゃん」

正章が、ジェイクに声をかけました。

「『あしたのジョー』の矢吹丈(やぶきじょう)、どうなったか、知ってる?」

「知らんわ。『あしたのジョー』、フィリピンでは読まれへんからな。ライバルの力石徹(りきいしとおる)が死んだんまでは、知ってるけど」

「あのあとな、矢吹丈は、いろんな世界の強豪ボクサーと戦うんや。ほんで最後は、ホセ・メンドーサっていう、メキシコのめっちゃ強いボクサーと戦うんやけど、十五ラウンドの、判定負けや。ジェイクにいちゃん、最後の試合は、矢吹丈と一緒やな」

「そんなええもん、ちゃうやろ」

ジェイクは笑いました。私らも、笑いました。

6

それからまた、月日が、あっという間に過ぎました。

気がつくと、能登屋が昭和十二年に待兼山で営業を始めてから、五十年が経ってました。

昭和六十二年ですね。

父は、八十になってました。

その年にね、思わぬ人が、能登屋食堂を訪ねてきたんです。

若い子でした。

「こんにちは。のとやしょくどう、ここですか」

「そうですよ」

若い子の言葉は、片言の日本語でした。

「ああ、やっぱり。わたし、ジェイクのむすこの、ポール、といいます」

「ええっ！　ジェイクの息子さん！」

「はい、マニラからきました」

そう言って笑うと、目尻がきゅっと下がるんです。

私は、慌てて厨房の父を呼びました。

「お父ちゃん！　ジェイクの息子さんやって！」

父もびっくりして飛び出して来ました。

「ジェイクの息子!?　あんた、よう、ここが、わかったなあ！」

その子、その時、こう言うたんです。

「ええ、このみせのこと、パパから、いつもきいてました。グリーンのかんばんに、ふとい、ウッドのグリッド、それから、みせのなまえのはいった、ランタン」

「ジェイクは？　ジェイクは、どうしてるんや？」

「きょねんのふゆ、しにました」


その子が言うには、ジェイクは、突然、心臓発作で亡くなったそうです。

四十二歳やったそうです。

父の死を知らせるために、わざわざフィリピンから待兼山に来てくれたんです。


父は、やってきたなりのその子に、まず、あんかけうどんをご馳走(ちそう)しました。

「ポールちゃん、やったかな。これ、食べて。あんたのお父さん、これが、ものすごい好きでなあ」

「はい、きいています。あんかけうどん、ですよね。パパが、いつも、なつかしそうに、はなしてました」

そう言って、美味しそうにずるずるすすって、食べるんです。

「この、ジンジャー(生姜)が、おいしいですね」

「日本語、上手やね」

「はい、パパが、おしえてくれました。おまえもいつか、にほんにいけ、って」

今はちょうど高校の休みで、何日か日本に滞在してから帰る、って言うんです。

突然やってきたジェイクの息子を、私らは大歓迎しました。ジェイクが母親と一緒にうちの家の二階の、正章の部屋やった六畳間に泊めて、次の日、まず、ジェイクが働いていた公設市場を案内しました。

それから、ジェイクが通っていたゴーダのボクシングジム。ジムのオーナーの業田さんも、ジェイクの息子を大歓迎してね。お父さんは、ファイティング・スピリットのある、ええボクサーやったよ、と教えてました。ジェイクが通ってた頃の写真も、何枚か残っててね。私も、あの頃のジェイクの写真を久しぶりに見て、いろんなことが頭に蘇ってきてね。胸がいっぱいになりました。

「そうや、ポールちゃん、銭湯行こか！」

父がポールちゃんに言いました。

「せんとう？」

「日本の、ほら、あれ、なんて言うたらええかなあ、ええっと、お風呂の家」

「バス？」

「そう！　バス。バスハウスや！　こっちでは、セントウって言うねん。ジェイクは、そのセントウが、好きでなあ」

「それは、きいていませんでした。ぜひ、いきたいです！」

父は、毎日、ポールちゃんを待兼山温泉に連れて行きました。ポールちゃんは、あの風呂場にある滑り台がえらい気に入ったようでね。あの滑り台、面白いって、銭湯から上がったあと、店に来て、あんかけうどんを食べながら、私と父に言うんです。

それを嬉しそうに、ニコニコしながら聞いてた父の顔、今でもよう覚えてます。

ポールちゃんは、その後、三日ほどうちの家に泊まってから、フィリピンに帰って行きました。

伊丹空港のデッキで、私と父は、ジェイクが帰っていった時と同じように、飛び立つ飛行機を見送りました。父は、やっぱり泣いてました。

7

父が亡くなったのは、その翌年の春でした。

病院のベッドの上で、父は、もう自分の死期を、悟ってたんでしょうなあ。

私ら家族に、言うんです。

「店を、よろしゅう、頼むで。けどな、もう、無理して、店を続けんでもええで」

その言葉を聞いた時、私は父に言いました。

「お父ちゃん、何言うてんの。店は、続けるよ。能登屋は、お父ちゃんとお母ちゃんが作った、大切な店やんか。店構えも、変えへんよ。そうかて、変えたら、春にいちゃんが戻ってきた時、家がわかれへんやないの」

そうしたらね。父は、目尻を下げて、言うたんです。

「春は、帰ってきたよ」

って。

えっ、どういうこと?

私は聞きました。

そうしたらね。こう言うんです。

「去年な、ポールちゃんが、うちへ来たやろ。わし、あの時な、ポールちゃん連れて、待兼山温泉に行ったんや。ほんでな、一緒に、風呂入った。その時な、何気のうに、裸になったポールちゃんのお尻、見たらな、左のお尻に、茶色い痣があったんや。おまえも知ってるやろ。蝶々が羽を広げたような、変わった模様や」

その話を聞いて、私はハッとしました。そして思い出しました。

そう、春にいちゃんのお尻にも、同じ模様の痣があった! ちっちゃい頃、一緒にお風呂入ったり川で水遊びした時に見た記憶が、はっきり、蘇ったんです。

父は言いました。

「ジェイクにはなかった痣が、ポールちゃんには、あった。わしはな、それを見た時、思うたんや。ああ、春が、帰ってきたんや」

私はね、その時、父に言いました。

「お父ちゃん、そうやなあ。春にいちゃんが、帰ってきたんやなあ。今まで、店構え、変えんとやってきて、よかったなあ。春にいちゃん、帰ってきた時、あの家見て、懐かしかったやろね。待ってた甲斐が、あったねえ」

父は、目をつぶって、ゆっくりとうなずいてました。

私の話は、これで終わりです。

能登屋食堂は、今も、店構えを変えんとやってます。気がついたら、私も、主人も、父が死んだ歳を追い越しました。身体が動くうちはまだやりますけど、もうそろそろ、潮時やとは思うてます。店をたたむ前に、皆さんに、この話を、できて、よかったです。

今日は、ほんまに、聞いてくださってありがとうございました。

*

大きな拍手が起こった。

私は窓の外を見た。雨はやんでいるようだった。

「ふみ子おばあちゃん、今日は、お父さんの大切な話をありがとう。ちょっと、ジュースでも飲んで休んでいって。家まで送るから」

ありがとうね、とふみ子おばあちゃんは立ち上がって礼を言い、また傍の椅子に腰掛けた。

近所の人たちが、ふみ子おばあちゃんに話しかける。

笑い声が広がる。懐かしい名前が飛び交う。

ああ、そうやった、そうやった。みんながうなずきあう。

私もなんとも言えない気持ちが胸いっぱいに広がっていた。

幼い頃から馴染んでいた能登屋食堂に、こんな歴史があったなんて。

この「待兼山奇談倶楽部」をやってよかった、と心から思った。

「沖口さん。ありがとう。この奇談倶楽部、企画してくれて」

カウンター席の沖口さんは、にっこりと笑って、いつもの低い、いい声で言った。

「お礼を言いたいのは、こちらですよ。私の大好きな待兼山で、こんなことがあったんやって、知ることができたんやから」

「ああ、あんかけうどん、食いたい！」

仁ちゃんが大声で叫び、みんながどっと笑った。

「明日、食べにきたらええよ」

ふみ子おばあちゃんが、仁ちゃんに負けないぐらいの大声で答えた。

「朝の十時から夜の八時まで。いつでも、開いてるで」

どうやら明日は、晴れそうだ。

第五話　恋するマチカネワニ

1

夏至を過ぎて七月の足音が聞こえてくると、待兼山商店街はにわかに賑やかな表情になる。商店街のあちらこちらに七夕飾りが施されるからだ。

どの店先にも短冊とペンが置かれ、お客さんたちは思い思いに願い事を書いて笹に吊るしていく。喫茶マチカネの階下にある、らんぷ堂書店の店先にも飾られている。子供たちから大学生、主婦、お年寄りまで、書いていく人たちはさまざまだ。今朝、たまたまその短冊を見ていると「志望校に合格しますように」とか「家族が健康で過ごせますように」とかの願い事に交じって、「喫茶マチカネとらんぷ堂書店が、閉店しませんように」と書いてあって、胸にこみ上げるものがあった。

閉店は九月末。あと三ヶ月先に迫っていた。

「子供の願い事って、おもろいな」

商店街で百年近く続くパン屋の三代目、仁ちゃんがクリームソーダのバニラアイスをスプーンですくいながら言った。

「今日もここに来る前、うちの店先の短冊を見てきてんけどな。おそらく小学校の高学年ぐらいの子供やろなあ。『ナックルボールが投げられるようになりますように』て書いてあったんや。願い事が具体的やがな。俺も子供の頃はあの短冊に願い事書いたけど、『プロ野球選手になれますように』とか『タイガースに入団できますように』とか書いたもんや。まあ、ふわあっとした夢やな。もちろん夢は叶わんかったけどな。あの短冊に『ナックルボールが投げたい』て書くような子が、もしかしたら、ほんまにプロ野球選手になれるんかもしれんなあ」

　カウンターの中で話を聞いていた繭子が口を挟んだ。

「私も子供の頃は、短冊に願い事書いたわ」

「へえ、どんな願い事や？」と仁ちゃん。

「もっぱら、恋愛のことやったなあ。『チューリップ組のヒロ君と結婚できますように』とか、『野球部の司くんと付き合えますように』とか」

「チューリップ組て。幼稚園の時から恋愛の願い事かいな？　ませてたなあ」

「幼稚園児でも、乙女心はしっかりあるよ！」

　繭子の頬がぷっと膨れ、

「そんなん言うけどね。『七夕』っていうのは、織姫と彦星の一年に一回きりの逢瀬の日やで。その日に恋愛成就の願い事する、いうのは、どストライクの願い事やんか」

　たしかに繭子にそう言われれば、そんな気がしてきた。

「私も、そう思います」

　絹のように滑らかないい声が聞こえてきた。

　カウンターの端っこで私たちの話を聞いていた沖口さんだ。

「ねえ！　沖口さん、さすが、わかってくれてるわ」

　沖口さんは繭子に微笑み返してから、私の方を向いた。

「マスター、この喫茶店に、ノートがあるでしょ」

「ああ、自由帳ね」

　お客さんが自由に思い思いのことを書いていいノートだ。お店を始めた頃から今も続いていて、もう何冊目になるだろう。

「私は、あのノートを読むのが好きでしてねぇ」

　沖口さんがコーヒーを飲みながらこのノートのページをめくっている姿は私もよく覚えている。私はカウンターの沖口さんの前にそっとノートを置いた。

「そうそう、これこれ」

　沖口さんは手に取ってノートを開く。そしてゆっくりと、ページをめくっていく。

「この喫茶店を訪れたお客さんのいろんな思いが、ここには綴られてますよね。私はこのノートも、七夕の短冊みたいなもんやと思うんですよ」

「沖口さん、ええこと言わはるわ」

　繭子がうんうんと頭を縦に揺らす。

「それでね、ここに書かれてるのも、恋愛に関することが多いんですよ」

「たしかにね」と繭子が続ける。

「京都の大原（おおはら）とか信州（しんしゅう）あたりのね、女性が一人旅で訪れそうな喫茶店に置かれてるノートやったら、それもようわかるけど、こんな商店街の喫茶店のノートにねぇ」

「それはおそらくね。この喫茶店の名前のせいですね」

　沖口さんが言葉を継いだ。

「この喫茶店の名前、『マチカネ』。人を待つ。誰かを待つ。何かを待つ。待ち兼ねる。それでも待つ。そんな言葉の響きが、人の心のどこか深いところを揺らして、このノートに向かわせるんや、と私は思います」

たしかになあ、と仁ちゃんが相槌を打つ。

「待兼山の地名は、平安時代にここで人目をしのぶ逢瀬を重ねた男女の伝説から生まれたもんやと言われとるしなあ。地名にも年季が入ってるわ」

「喫茶マチカネ」で誰か思う人や、何かを待ち続けていたら、いつか、ここで巡り会うことができる。ひと頃、そんな噂が立ったことがあった。実際に、そんな奇跡みたいなことが何回かあったのも事実だ。それで願をかけにお客さんが訪れるようになった。沿線だけでなく関西以外から通うお客さんもあった。そんな噂がまことしやかに広まったのは、沖口さんや仁ちゃんが言うように、この店の名前と古くから伝わる伝説が寄与するところも大きいのだろう。

もちろん待って待って待ち続けても、思う人は現れなくて、願いが叶わなかった人の方が圧倒的に多く、自由帳に綴られているのもそのような内容のものが多いのだが、みんな、ここで待ったことで心の整理ができ、納得して帰って行ったことが、ノートを繰るとよくわかる。

「喫茶マチカネが閉店したら」

沖口さんのいい声に、みんなが耳を傾けた。

「『待兼山奇談倶楽部』で集まったお話をまとめて、本を作るでしょ。この待兼山駅の名前と街の記憶を残すためにね。私はその本に、この自由帳の中のお客さんたちの文章もいくつか載せたらどうかな、って思うんです」

「わあ、それはええ考えやわ」

藺子のサクソフォンのピアスが縦に大きく揺れる。

「このノートの中には、不思議な話も、いっぱい書いてあるもん。みんな、待兼山っていうこの土地の名前が引き寄せた、貴重な記録やわ」

「うん、それ、ええな」

仁ちゃんも乗ってきた。私も異存はない。

「それでね、今度の待兼山奇談倶楽部で披露してもらう、話なんやけど」

沖口さんの声に、ひときわエコーがかかった。

「恋愛話にしたらどうかな」

「恋愛話？」

沖口さんの目尻が下がった。

「そう。恋バナですよ」

「大賛成！」

藺子はまるで映画『ロッキー』の主人公のように両拳を突き上げた。

2

七月十一日の「待兼山奇談倶楽部」のゲストを誰にするかは、その後数日にわたって私と仁ちゃんと藺子の間で紛糾した。今回は沖口さんからの提案によって「恋愛話」というテーマ縛りがあった。さらに、それは奇談倶楽部で披露する話である。不思議な話であらねばならない。自由帳の中には「奇跡」と言ってもいいような「出会い」の話がいくつもあった。しかしそこにはそれを綴った人たちの連絡先が記されていなかった。ノートに綴られたそれらの「奇談」を朗読する会にすればどうか、という案が仁ちゃんから出た。しかしそれでは物足りない、と繭子が反論した。私も、できれば、これまで通りゲストを招いて直接話を聞きたいと思った。しかし、いくら頭をひねっても適当な人が思い浮かばない。

「うーん」

三人で宙をあおいだ。その時だ。窓の向こうから大きな声が聞こえた。

「ちょっと！　らんぷ堂さん！」

私は思わず窓を開けた。

向かいの三階建て雑居ビルの屋上から顔を出していたのは、大さんだった。

「大さん、どうかしましたか？」

「ごめんね。大きな声出しちゃって。屋上に干していたうちのお店のドアマットが風で飛んじゃって、そちらのテントに」

私は下をのぞき込んだ。一階のらんぷ堂書店の軒先テントの上にドアマットが落ちていた。

「ああ、大丈夫です。拾って、お届けに上がりますよ」

「そうや！　大さんがおった！」

繭子がカウンターを出て階段に向かって走った。

「繭ちゃん、どないしたん？」

「大さんが、いてたわ！　私、頼んでくる、大さんに！」

　こうして、「待兼山奇談倶楽部」の今回のゲストは、バー「サード」のマスター、大さんに白羽の矢が立ったのだった。

＊

「こんばんはぁ、『サード』の大と申します。知った顔もたくさんあるけど、初めまして、の方も多いわね。どうぞよろしくお願いします。今夜はお招きいただいて、ありがとうございます」

　ネイビーブルーのボタンダウンシャツに、ベージュのコットンパンツ。大さんは黒縁のウェリントン型の眼鏡を右手の指でちょっと押し上げてから、うやうやしく頭を下げた。

　きっと直前にシャワーを浴びてきたのだろう。まるで卵みたいに肌ツヤのいい額が白熱灯の光を浴びて輝いている。

「でも、ホントにわたしでいいのかしら？」

　眼鏡の奥の優しそうな目がはにかんだ表情を見せる。客席から拍手が起きる。

　大さんは両手を胸に当てて、もう一度頭を下げてから、ゆっくりと話し出した。

＊

　たまにお店に来てくれる繭ちゃんから、わたしの初恋話をみんなにしてくれって頼まれて、のこのこ出てきたんだけど。あ、わたしのこと知らない人たちのために、ちょっと自己紹介しとくわね。わたし、この喫茶マチカネの向かいの雑居ビルの三階で、「サード」って名前のバーをやってる、大と申します。まったく、こんな細身の華奢な身体で名前が、大って、笑っちゃうでしょ？　みんなからは「大さん」って呼ばれてるの。それで、お店の名前を「サード」にしたの。日本語にしたら「第三」でしょ。大さんの店で、「サード」ってわけね。ほら、オーソン・ウェルズの映画で、『第三の男』ってあったでしょ？　深夜にたまたまその映画を観てた時に、思いついたの。オーソン・ウェルズは、ちょっといかつくて好みじゃないけどね。どっちかっていうと、ウディ・アレンみたいなヤサ男が好みなの。わたしも、ちょっと似てるって言われることあるんだけどね。額がだいぶ後退してるところとかね。まあ、そんなことはどうでもいいんだけど。

でもこの話、どっからお話ししたらいいのかしら？

繭ちゃんには、酔った勢いでしちゃったけどね。別に隠してきたわけじゃないんだけど、あんまり、人には話したこと、ないからね。

まあ、年表的なことでいうと、わたし、昭和二十五年生まれなのね。一九五〇年。喫茶マチカネのマスターや、「ほんまのパン」のご主人たちよりは、ちょっと上の世代。団塊の世代あたりって言うのかしら。え？　見えない？　ありがとう。けど、もう六十九よ。

実家はね、蛍池（ほたるがいけ）なの。そう、待兼山駅の、一つ南の駅ね。

東京オリンピックがあったのが、中学二年の時ね。十四歳ね。

中学に入ると男の子はみんな野球部だとかサッカー部なんかに入るんだけど、わたしは、運動が苦手だったからね。その頃のわたしの趣味はね。化石採集だったの。

あら？　何人か笑ったわね？　そうよ、ジミーな中学生だったのよ。

うちの実家は、両親が共働きでさ。わたしが学校から帰っても、家には誰もいないの。当時よく新聞なんかで社会問題みたいに言われてた、「カギっ子」ってやつね。両親から鍵を渡されてね。その鍵で家に入ってね。あとは一人で、なんもやることないの。クラスに同じような「カギっ子」の友達もいなかったしさ。「カギっ子」ってね、何が気に入らないんだかわかんないけど、クラスのみんなから除け者扱いされるのよ。あいつ、「カギっ子」だ、って言われてね。遊んでくれないのよ。だからわたしは小学生の頃から、学校から帰ると、啓太郎っていう、近所の三つ上のお兄ちゃんとよく遊んでたの。わたしは、啓ちゃんって呼んでたけどね。啓ちゃんも、「カギっ子」だったのね。お姉さんがいたんだけど、もう働いていて、男の兄弟がいなかったからね。わたしを、弟みたいに思ってくれてたんだろうね。けどね。子供の世界の、三歳の年齢差って、大きいのよ。わたしは一緒に遊びながらも、啓ちゃんのことは、自分よりずいぶん大人のように見えてたよ。

わたしが中学に上がると、いったん啓ちゃんとは疎遠になったんだけどね。だって、もう啓ちゃんは、高校生だったしね。そうは会わなくなるよね。

でもあるときね、啓ちゃんが、わたしを誘ってくれたの。

「化石採集に行かへんか」って。

中一の夏休み前ぐらいだった。

部活にも入らないで相変わらず一人でいるわたしをかわいそうに思ったのかな。

それか、その頃にはもう啓ちゃんはかなり化石採集に熱中していたみたいだから、仲間が欲しかったのかな。きっとその両方ね。わたしは化石になんかこれっぽっちも興味なかったけど、また啓ちゃんと一緒に遊べるのが嬉しくてね。ついていくことにしたの。

実は当時は、化石採集って、子供たちの間でちょっとしたブームだったの。

ちょうど、東京オリンピックが次の年に開かれるって頃でしょ。高度成長期って言うの？　街の風景が、どんどんどんどん変わる頃でね。

いたる所でブルドーザーやショベルカーなんかが動いているのが当たり前の風景でさ、造成、造成で、山が切り崩されたり、地面が掘り返されたりしてたからね。山肌や地層がそこらじゅうであらわになってたから、そういうとこに行くと、素人の高校生や中学生のわたしたちでも、貝とか海の植物の化石が、簡単に見つかったの。この待兼山のあたりも、今は丘陵地帯だけど、昔は、海辺だったらしいからね。

ほら、今じゃさ、工事現場なんかに子供が立ち入ったりなんかしたら大ごとじゃない。だから絶対入らないようにフェンスで囲ったりしてるけどさ。昔は、おおらかっていうのかなあ。フェンスなんか何にもないし、勝手に自由に入って行けたの。おい、そこのチビ、気いつけよって、ちょっと怒られるぐらいでさ。

やってみるとさ。化石採集って、面白いのよ。

自分が今、住んでる近所から出てきた貝や植物の化石が、何百万年も、何億年も前に、たしかにここで生きてたんだ、そして、死んでから石になってわたしが見つけるまで、ずうっと、ここで眠ってたんだ、って思うとさ。なんだか、遥(はる)かな思いになるじゃない？

化石を見つけた瞬間の、あの、恍惚(こうこつ)。それはきっと、化石採集をやったことのない人には、わからないと思うわ。

けどね。科学雑誌に載ってるような、本当に見つけたい化石って、めったには見つからないのよ。

限りなくゼロに近いって言ってもいいわね。恐竜とかマンモスとか、ナウマン象の化石とかね。見果てぬ夢よ。期待と、失望。その繰り返し。そこがまた、化石探しの魅力なんだけどね。

自宅から自転車でちょっと行けば、化石が見つかるところがたくさんあったから、日の長い夏なんかは学校から帰ってからも行けたし、啓ちゃんと一緒に行ったのは、もっぱらそんな近所の山や崖、そして、工事が行われてる造成地だった。

両親は、当然、眉をひそめたわよ。そんなことやる暇があったら勉強しろってね。けど、そんなのお構いなしよ。親に怒られれば怒られるほど、わたしは化石採集にのめり込んでいった。もう完全に化石に取り憑かれてるの。わたしは人生で初めて、夢中になれることを見つけたの。そう、わたしはいわば、太古の化石に恋してたのね。

中二になる前の春休みには、和歌山までアンモナイトの化石を採りに行ったりしたこともあったわ。和歌山はアンモナイトの化石の産地で有名だったの。でも一日掘ってもやっぱり見つからなかったから、啓ちゃんは、和歌山に親戚の家があるからそこで一泊して明日も掘りに行こうって言い出したの。私もアンモナイトはどうしても見つけたかったから、家に電話したら、両親はカンカンに怒ってね。それでも帰らずに一泊してね。

次の日もお目当てのものは見つけられなかったんだけどね。

それからちょうどその頃はね、大阪大学の待兼山キャンパスで、かなり大掛かりな造成工事が行われてたの。ほら、今はモノレールも走ってる中央環状線の前に、大学の正門があるでしょ。理学部とか工学部の校舎が建ってるあたりね。あの辺は雑木林がある大きな丘だったんだけど、その丘を切り崩して、平地にしたの。大学の建物建てるためにね。

そう、あれは、中二の、ゴールデンウィークに入ったばかりの五月。そう、はっきり覚えてる。五月三日だった。

啓ちゃんがやってきて、あの工事現場に行こうって言うの。

そこには、もう何度も行ったことがあってね。家から自転車で十五分ぐらいのところだからね。その前の年から、月に一回、多い時には、月に二、三回は行ってたかな。シジミやカラス貝や、ヒシの実の化石が面白いほどいっぱい出てくるの。

ちょうど日曜で、工事は休みやし、化石見つけ放題やで。

啓ちゃんはそう言ったんだけど、ただ、その日はいつも家にいない、休みで家にいても寝てるばっかりのうちの父親が、なんだか知らないけど久々に張り切っちゃって、わたしをプロ野球観戦に誘ったのね。近鉄（きんてつ）戦。父親は近鉄関係の会社に勤めてたから、ファンでね。

こっちには、春休みに泊まりで和歌山に行ってこっぴどく叱られた負い目もちょっとあってね、この日ばかりは、啓ちゃんの誘いを断って、父親と野球を観に行ったのね。

そしたら啓ちゃんも、ほんなら俺も今日はやめとくわって、家に帰ったのね。

それが、運命の分かれ目だったの。

*

化石採集に夢中になっていたという大さんの中学時代は、ちょうど私が幼稚園から小学校に上がったばかりの頃だ。あの時代、水たまりと車の轍（わだち）の跡だらけの凸凹（でこぼこ）だった土の道が、だんだんと舗装されて平坦（へいたん）になっていく、という風景の変化は、まだ幼かった自分にもはっきりと記憶がある。

そんな時代に、子供たちが化石採集に夢中になっていたというのが意外だった。

世の中の大人たちがブルドーザーを走らせてどんどん未来へと突き進もうとしていたあの時代、子供たちは、まったく逆の、はるか数百万年前、数億年前に目を向けていたのだ。

開発や造成であらわになる太古。話を聞いているうちに、自分自身も、あの頃の大さんたちと同じような、なんだかワクワクする気分になってきた。

運命の分かれ目って、なんだろう？

私は大さんの話の続きに耳を傾けた。

3

わたしは、それから何日か過ぎてからの新聞を見てね、思わず、ええええーってお腹の底から大声が出たわ。新聞の見出しには、こう書いてあったの。

古代象？　の化石
地質学好きの二少年が発見
豊中の工事場

豊中の工事場って！　記事を貪るようにして読んだ。

そしたら、その、豊中の工事現場ってのは、大阪大学構内の、理学部の新学舎建設現場って書いてあるじゃないの。そう、あの日、啓ちゃんが、化石採集に行こうって言ってたとこよ。

その場所でね、あの日、五月三日。豊中の化石好きの浪人生二人が、古い地層から古代象かもしれない化石を掘り当てた、って書いてあるのよ。道路脇の溝を作るために掘り出した土の中から、象の肋骨と、牙の付け根と思われる化石が出てきたんだって。

昆虫なんかの生き物の化石でも、見つかったら狂喜乱舞するのに、象の化石だよ！

日本で象の化石は、これまでもごくごく稀に見つかってたけど、もし待兼山で見つかったのが本当に象の化石なら、出てきた地層の年代からは日本で初めてなんで、新聞も大きく取り上げたのね。専門家のコメントも載ってたよ。非常に興味深い。ぜひ本格的な発掘調査を行いたいってね。

わたしは、地団駄踏んで悔しがったわよ。

同じ豊中の、ちょっと前まで高校生だった子らが、世紀の大発見かもしれない化石を掘り出したんだよ。しかも、自分たちがいつも行ってた、わたしが断らなかったらその日も行ってた場所でね。わたしはその時、父親と一緒に日生球場で大して興味もない近鉄の試合を観てたんだよ。これが、悔しがらずにおれますか。

わたしは、新聞をひっつかんで、自転車を漕いで、啓ちゃんの家まで行ったわよ。

啓ちゃんはまだ新聞を読んでなくてね、わたしが差し出した新聞を読む手が、わなわなと震えてたよ。

そうしてしばらくはじっと新聞を見つめてたけど、すっと顔を上げてね、すっごい冷静な声で、新聞の写真に写っている骨を指差して、こう言うの。

「これは、古代象なんかと違う。この肋骨、象にしたら、小さすぎる。細すぎるやろ。牛や馬や豚かもしれんやないか。頭蓋骨が出てこんと、何の生き物の骨かは、特定できんはずや」

わたしは、その時の啓ちゃんの気持ちが、ようくわかった。

もしこれが、大阪大学かどっかの専門家が発掘したんだとしたら、啓ちゃんは素直に喜んでたと思う。わたしもそうよ。五十万年ほど前のあの地層から古代象の骨が出てきたってことが、どれぐらい心躍ることか、わかるもの。

けど、そうじゃないの。

認めたくないのよ。耐えられないのよ。だから否定したいのよ。

自分たちと同じような地元の高校生、いや正確に言うと浪人生たちが、そんな大発見をやったことをね。それは、もしかしたら、自分たちだったかもしれないんだから。

そのあとね、この骨の化石のニュースは、何にも出なかったの。やっぱり、あれは、古代象なんかじゃなかったんだ。もしそうだったら、専門家たちで大々的な調査が行われるはずだから。そうして、それがニュースになるはずだから。

わたしと啓ちゃんは胸をなでおろしたわ。でも、啓ちゃんとわたしの「安心」は、あっけなく裏切られたの。あれは二学期に入ってすぐだから、たしか九月だったわ。

突然、あの骨の化石のことが、新聞で大きな記事になって出たの。

その見出しはね、五月に見た新聞の見出しより、さらに衝撃的だったの。

古代のワニ　数十万年前の化石
阪大理学部構内で発掘

なんと、あの、古代象のものじゃないかと言われてた骨の化石は、ワニだったのよ。四十五万年も前のね。

記事を読むとね、あの工事現場で大々的な発掘調査が行われて、一メートルほどもある巨大な頭蓋骨と、たくさんの骨が発掘されたんだって。写真も大きく載っててね。

日本で、ワニの化石が発掘されたのは、初めてのことよ。象どころの騒ぎじゃないの。

しかも、これまで世界でも発見されたことのない、新種のワニである可能性が高いって。

それまでは、この時代には日本にワニはいなかったって言われてたの。熱帯じゃなかったからね。

そんな日本で、頭蓋骨だけで一メートルもある、全長にしたら七メートルから八メートルもある巨大なワニが見つかったのは、学術的にも、これまでの常識を塗り替える、かなり画期的な発見だって。

うわーって、わたしは、両手で頭を抱えて叫んだよ。

あの化石が、象じゃなくてワニだったって衝撃も、もちろんあったよ。でも、わたしがうわーって叫びたくなる理由が、もうひとつあったの。

その記事にはね、最初に発見した、二人の浪人生の名前も載ってたの。

彼ら二人が、五月の初めに付近の工事現場で肋骨の化石を見つけたって。

わたしの中の嫉妬の炎が、五月の時よりはるかに燃え上がったわ。

もしかしたら、ここに、わたしと、啓ちゃんの名前が、載ってたかもしれないのに。

このワニの話題が出るたびに、わたしたち二人の名前が、永遠に語り継がれたかもしれないのに。

でもそれは、わたしたち二人じゃなくて、別の人たちだったの。

もう、ここまで話せば、わかるよね。

このワニってのは、今じゃ、豊中市のマスコットキャラクターにも使われてる、マチカネワニのことね。

待兼山で発掘されたから、マチカネワニなんだけど、これ、誰が名付けたか知らないけど、いいネーミングよねえ。学名はもっと素敵で、「トヨタマヒメイア・マチカネンシス」って言うのよ。「トヨタマヒメ」っていうのはね、古事記とか日本書紀に出てくる「豊玉姫」のことよ。海神（ワダツミ）の娘ね。結婚して子供を産むんだけど、出産の時に、夫にのぞき見られたことに怒って、本来の姿に戻って海に還（かえ）って行ったって記されてるの。「本来の姿」って、何？　ってことだけど、一説には「鰐（ワニ）」だって言われてるの。

それで、マチカネワニの学名に使われてるの。なかなかロマンチックじゃない？

あら、話が横道に逸（そ）れちゃったわね。

あの化石がワニだったってことがわかった後の、わたしと啓ちゃんとの話をしとかなくちゃね。

わたしと啓ちゃんは、その後、いっそう化石採集にのめり込んだの。

けど、もう、貝だとか植物だとかアンモナイトだとかには見向きもしなかった。

狙いはたったひとつよ。

そう。発見されたのとは別の、マチカネワニの化石を見つけること。

だってそうじゃない？　ワニは、ていうか、ワニだけじゃないけど、生き物はね、一頭だけじゃ繁殖しないのよ。一頭いるってことは、必ず、仲間がいるってこと。

　四十五万年前、あの待兼山のあたりには、マチカネワニがたくさん棲んでいたはずなのよ。その中の、もう一頭の化石を、わたしと啓ちゃんの二人で見つけることが、嫉妬に狂ったわたしたちの心を鎮める、唯一の方法だと思ったの。

　手がかりは、あったのよ。

　専門家たちのマチカネワニの発掘調査ではね、いろいろ興味深いことがあったの。

　それはね、骨の発掘をしている時に、こぶし大より一回り小さいぐらいの石が三つ出てきたって言うのよ。

　そこの地層は粘土層だからね、石なんかが出るわけないのよ。調べてみたら、それはワニの胃の中にあった「胃石」でね。胃石ってのは、胃の中で消化を助けるものでね。ワニはわざと石を胃の中に飲み込むのよ。その石がね、分析したら、骨が埋まっていた待兼山にはない、五キロほど西北の山の地層から出る岩だってことがわかったのよ。つまりマチカネワニは、もともとはそこにいたってこと。

「俺はな、こういうふうに思うんや」

　それを知った啓ちゃんは、わたしに言ったわ。

「あのワニは、愛するワニと、離れ離れになったんや。もともとは、仲良う暮らしてたんやけどな、大雨かなんかの拍子で、あのワニだけが、川づたいに流されてしもた。骨が見つかった場所からは、流木もたくさん見つかったらしいからな。愛するワニの元に帰ろうにも、何キロも流されたんで、流れに逆らって上流までは遡れん。そこであのワニは考えた。このまま、ここでじっと待っとこう。愛するワニが、自分の流れ着いたここまで、いつか流されてくるのを、じっと待とう。そうしてあのワニは、そこから動かんと決めた。やがて歳月が経ち、泥に埋もれながら、遠のく意識の中でも、愛するワニのことを思いながら、あいつはあの場所で化石になったんや」

わたしは、答えた。

「でも、愛するワニは、流れてこなかった」

「そうや。愛されてたワニはワニで、川の上流でずっと、愛するワニが帰ってくるのを待ってたんや」

わたしは、啓ちゃんがそう言った時に、ふっと浮かべた、はにかんだ表情を、今も忘れられない。

それはあくまで、啓ちゃんの推理よ。妄想って言ってもいいかもね。でもね、わたしは、啓ちゃんのその話を聞いた時、きっとそれが真実なんだって思ったの。

そうして、啓ちゃんは、わたしにこう言ったの。

「探しに行こうや。上流で待ってたに違いない、あのワニの恋人を」

4

喫茶マチカネの窓から、酔客たちの賑やかな声が時折聞こえては消えていく。

真夏の夜とあって、この時間にしては商店街の人通りはいつもより多い。

二階で大さんの話に耳を傾けていたお客さんたちは、そんな外の喧騒（けんそう）とはまったく別の世界にいるようだった。みんな熱心に大さんの話に聞き入っている。

待兼山駅周辺で育った人たちで、マチカネワニの名前を知らない人はいない。

マチカネワニの化石が発見された時、私は小学生だったが、大ニュースになっていたことは覚えているし、理科の時間にはマチカネワニの授業があった。小学校から歩いてすぐの大阪大学の建物の地下に骨格標本のレプリカがあり、子供たちは毎年、一般公開される春か秋に課外授業で見学に行くのだ。

全長七メートルほどもある骨格標本はほとんどの骨が揃っており、骨だけなのに今にも動き出しそうな迫力があった。

その生物の名前が「マチカネワニ」であることが地元の子供たちには誇らしいのだが、ちょっと気恥ずかしい気持ちにもなった。四十五万年前に生きていた、世界的にも貴重な大発見であるワニの名前が、自分たちの住んでいる商店街と同じ名前って。

そんなわけで地元の人たちは、マチカネワニについては誰もが多少の知識を持ち合わせているのだが、化石採集マニアだったという大さんの話には、学校では習わなかったことがたくさんあった。最初に発見したのが地元の浪人生二人だった、というのは、なんとなく聞いたことがあるような気がしたが、大さんの話は、今からちょうど五十五年前の化石採集少年たちの姿を、くっきりと浮かび上がらせた。私たちもまた、空想の中で大さんたちと共に、マチカネワニの化石を追っていたのだ。

＊

待兼山から五キロほど西北の山。それは、池田の五月山あたりのことなのね。

それから私と啓ちゃんは、毎日のように、五月山にマチカネワニの化石を探しに行ったわ。あの辺には崖だとか、深い谷がいっぱいあってね。今、あそこに、箕面に抜けるドライブウェイがあるじゃない？　ちょうどあのドライブウェイができたりして開発が進んでた頃でね。山を切り崩して作った道路の切割には地層が露出してたし、化石の見つかりそうな場所はたくさんあったの。わたしと啓ちゃんは、そんな崖や地層にへばりついて、目を皿のようにして、小さなハンマーで岩や土を削ってね。年が明けて、私が中三、啓ちゃんが高三になってからも、ずっと。

ある時ね、土を掘ってたら、トカゲが姿を現したことがあってね。

啓ちゃんが、そのトカゲに言うのよ。

おい、おまえのずっとずっと前の祖先も、ここでマチカネワニと一緒に暮らしてたかもしれんなあって。マチカネワニは絶滅したけど、おまえ、よう、今まで、生き延びてきたなあって。トカゲは舌をぺろっと出して、どこかに消えたわ。わたしはそれがおかしくてさ。

それと、あれはいつだったかしら？　土を掘る手を休めて、地層に背中をくっつけて、啓ちゃんと二人で見た夕日がとっても美しくて、二人でずっと日が沈むまで眺めてたことがあってね。あの日の、夕日に染まった啓ちゃんの横顔を、今もはっきりと覚えてるわ。

その間に、あのマチカネワニを最初に発見した二人の浪人生たちの記事が科学雑誌なんかにいっぱい載ってね。

でもね。そんな雑誌の記事を見ても、だんだん、彼らに対する先を越された悔しさとか、嫉妬の感情とかは、わたしの心の中で薄れてきたの。もう、彼らに対抗しようって気持ちじゃなかった。わたしと啓ちゃんは、ただただ、マチカネワニの恋人を、見つけたかった。

それだけ。

わたしは、啓ちゃんが考えた、恋人同士のマチカネワニの物語に、夢中になってたのよ。ただひとつ、そんな記事の中で、嫉妬を感じたのはね。マチカネワニの骨を、土から掘り出した瞬間のことが書かれてたの。

骨が太古の眠りから覚めて、土から掘り出された瞬間、その骨は、なんとも言えない、鮮やかな柿色に輝いていたんだって。でもそれは、外の空気に触れた途端、あっという間に輝きを失くして、どす黒い茶褐色に変わっちゃったって。

わたしはね、その瞬間を見たかった。骨が太古の眠りから覚めた瞬間の、美しい柿色の輝きを。それだけを夢見て、春も夏も、秋も冬も、五月山の周辺を探索した。啓ちゃんと一緒にね。

もちろん、マチカネワニの化石は、見つからなかった。

美しい柿色の輝きは、わたしたちの前には、現れなかったの。

わたしは、中学を卒業して、地元の公立高校に進学した。

啓ちゃんは、いつ勉強してたのかしら。あれだけ毎日、わたしと一緒に野山を探索してたのに、早稲田大学を受験して合格してね。東京に行っちゃったの。

その後、啓ちゃんとは、一度も会ってないの。なんか、風の噂で聞いたんだけど、大学に入ってから学生運動にのめり込むようになったらしくてね。ほら、あの頃、いろいろあったじゃない？

東大の安田講堂事件とか、赤軍派のよど号乗っ取り事件とか。そんなのに巻き込まれたのかなあ。啓ちゃんも、のめり込む性格だからさ。まっすぐなとこ、あるしね。きっと化石採集も、やめたんだろうね。化石採集のハンマー握ってた手がゲバ棒握るようになったのね。それでね、消息は、わからないのよ。もう、最後に会ってから、五十年以上も経つのね。どこかで元気にしてるといいんだけどさ。

わたしの方もさ。高校に入ってから、化石採集は、すっぱりやめちゃった。部活にも入らないで、だらだらと三年を過ごしてね。誰でも入れるような、大阪にある私立大学に入ったの。それも、二回生の半ばぐらいから、全然大学に行かなくなった。その頃から水商売のアルバイト始めちゃってね。朝五時ぐらいまで働いて、帰って昼過ぎまで寝て、また夕方、アルバイトに出てって毎日。もう、親も、何にも言わなくなってね。家も飛び出して、友達や水商売の先輩の家なんかを、転々としてたわよ。結局大学は中退してね。もうそこからは完全に、糸が切れた凧状態ね。悪いこともいっぱい覚えたしさ。水商売がわたしに向いてるとは思わなかったけど、他にできることもなかったしね。

わたしが働いてたお店の近くに、扇町プールっていう公営の大きなプールがあってね。五十メートルプールや飛び込み台プールもある、立派なとこよ。わたし、夏はいつも店の出勤前にそこに行ってプールサイドで昼寝するのが、唯一の楽しみだった。そんな毎日よ。

そうして、あれは、わたしが二十七の春だった。昭和五十二年。一九七七年ね。

当時お世話になってたお店のオーナーが、待兼山にお店を出すことにしたの。

それで、雇われマスターが派遣されたんだけど、しばらくそこに手伝いに行ってくれって言われたの。阪大下の交差点の南の、踏切近くの雑居ビルの中のお店よ。

それで私は、久しぶりにこの界隈に戻ってきたの。ちょうど、ゴールデンウィークの最中だったわね。それで、あの阪大下の交差点を歩いてたら、一枚の看板が目に入ったの。

マチカネワニ　特別展示公開中
教養部地学教室地下階にて
入場無料

大学では新入生向けの歓迎祭が行われてる頃で、キャンパスではいろんなイベントが開かれてたのね。

大学で、マチカネワニの骨格標本が時々公開展示されてるって話は、わたしも当時から聞いて知ってたの。でも、わたしは、一度も見に行かなかった。啓ちゃんもね。

その頃、わたしたちは、発掘されたそのマチカネワニよりも、そのマチカネワニが愛した相手を探すのに必死になってたの。とか言っちゃうとかっこいいんだけど、やっぱり、どこか悔しさがあったのね。

でもね。その看板を見た時、わたしは、見に行く気になったの。なんでだろう。それはよくわかんないんだけどね。

地学教室はね、あのマチカネワニの骨が発掘された場所のすぐ近くにあったの。

わたしは、中学二年の春以来、十三年ぶりに、その場所に立ったわ。

立派な校舎がいくつも並んでいて、あの頃、わたしが見た風景は、跡形もなかった。十三年でこれほど変わるものかと思ったわよ。もっとも、当時中二だったわたしも、その十三年でずいぶんと変わったんだけどね。

地学教室の建物の前に立つと、人影は、まばらだったわ。建物の中から人が出てきてね。公開中と書いた立て看板を片付けようとしているの。

わたしは慌てて、まだ間に合いますか。見たいんですけど、って、その人に頼んだの。入場は四時半までなんですよ、と、その人は言いました。ちょうど、四時半だったのね。わたしはね、もうこの機会を逃したら、二度と見に来ない気がしてね、どうしても今日、見たいんですけどって、頼んだの。

その人は、やれやれって顔をして、看板を片付けながら、じゃあどうぞって、中に入れてくれたの。

地下の地学教室はひっそりとしていて、まるで地上とは別世界に足を踏み入れたような気がしたわ。

わたしは、初めて見るマチカネワニの標本は、その中央にあった。

もう、圧倒されたのよ。

それから、涙がボロボロ流れてきた。十四歳のあの頃の、いろんな思い出が蘇ってきてね。

「どうかしましたか」

さっきの男の人が、わたしに声をかけてきました。

わたしは、マチカネワニの思い出を、その人に、全部伝えたの。新聞記事を見て悔しい思いをしたことや、その後、そのマチカネワニの恋人を探しに、池田の山まで毎日発掘に行った話までね。男の人は、ずいぶん感心した様子で、うなずきながら聞いてたわ。

その人はね、大阪大学でマチカネワニを研究している先生だったの。

「マチカネワニの恋人ねえ」

彼はそうつぶやいてから、わたしとしばらく無言のまま、マチカネワニの標本を眺めてました。

わたしは、その時ね、ふと思いついて、中二の頃にずっと自分の中で疑問を抱いていたことを彼に訊いてみようと思ったの。

「あの、ちょっと、ひとつ質問してもいいですか」

「ええ。どうぞ。なんでも聞いてください」

「このマチカネワニは、オスですか？　メスですか？」

ああ、と先生は小声でひとりごちてから、言いました。

「オスだと考えられてます」

「どうして、オスとわかるんですか？」

彼は標本を指差しながら、答えました。

「ここを見てください。大きな下顎。一部が欠損してますよね。それから、ここ。この右脚。ここも、骨折しています。よく見ると、どちらも断面が滑らかで、治癒している跡があります。つまりこれは、死んでから折れたものでなく、生きていた時に傷ついて、その後自然治癒してからしばらく生きていたということです」

「それが、どうして、オスである理由に？」

「これらの傷は、おそらく、メスを争って、オス同士が格闘した時にできたものと考えられるからです。まだありますよ。ほら、ここです。ここに、平べったい、板のような骨がたくさんあるでしょう？　これは、鱗板骨(りんばんこつ)と言って、ワニの背中を覆っている骨です。その中の一つ、ほら、これです。二、三センチの穴が二つ空いてるでしょう？　これは、噛(か)まれた跡だと推察されています」

わたしは、先生に聞き返しました。

「オス同士が戦ったと、どうして断言できるんですか？」

「だって、オスとメスが、それと、メスとメスが戦う理由なんかないじゃないですか」

「もし、戦ったのでは、ないとしたら？」

先生は、質問の意味がよくわからないようでした。わたしは言葉を継ぎました。

「愛し合った結果、だとしたら？」

「オスとメスが、ですか？」

わたしは首を横に振りました。

ありがとうございました、とお礼を言って、地学教室を出ました。

それから、わたしは変わったの。いや、本当の自分に戻った、って言った方がいいかしら。自分の生きたい道を生きようって決めたの。たとえ世間が、その生き方を、どう思おうと、どう言おうと。

それからしばらくして、私が入っていた阪大下近くの店の雇われマスターが辞めちゃってね。おまえがそのあとをやれってオーナーからは言われたけど、断ったの。わたしは独立して、小さくてもいいから自分の店を持とうと決めたの。この待兼山で。自分が、自分のままで居られる、そんな店をね。

それが、「サード」を始めたきっかけよ。気がつけば、もう四十二年よ。

ずいぶん、長い話になっちゃったわね。

でももうちょっとだけ我慢して、わたしの話につきあってくれるかしら?

この話の大事なところを、まだ話してないの。

それは、わたしが中学二年になる前の、春休みの話。

啓ちゃんと一緒に、和歌山までアンモナイトの化石を見つけに行った話をしたでしょう? その日は見つからなくて、啓ちゃんの親戚の家で一泊することになった話。

その夜ね。布団の中で寝ていると、真夜中に、目が覚めたの。なんだか背中のあたりがゴソゴソするからね。誰か、わたしの布団の中に、いるみたいなの。訳わかんなくて起き上がろうとしたら、ガッと二本の手がわたしを押さえつけて、突然、背中に激痛が走ったの。わたしは、何が起こったのか、全然理解できなかった。

慌てて布団から飛び出したら、わたしの布団に、啓ちゃんがいたの。

二人とも、何も言葉が出ないまま、固まったようにじっとしてた。どれぐらいの時間かな。ずいぶん長かった気もするし、一瞬だったかもしれない。それから啓ちゃんは布団の外に出て、ごめんな、ごめんなって、正座しながら謝るのよ。

わたしは、何も声をかけることができなくて、自分の布団に戻って、掛け布団を被(かぶ)って、寝てしまったの。じっと、目をつぶってね。

翌朝、食卓で啓ちゃんと顔を合わせたけど、親戚のおじちゃんやおばちゃんもいたし、昨日の夜のことは話さなかった。というより、わたしは、昨日のことが、本当に起こったことというよりも、夢の中で起こった出来事のように感じていたの。

背中の痛みは、ほんのかすかに残ってたんだけどね。

地下の地学教室で、阪大の先生から、マチカネワニの話を聞いていた時、わたしは、突然、あの中二になる前の春休みの、あの夜のことを思い出したの。

それから、啓ちゃんと一緒に、五月山の野山を駆け回った日々のことを。

わたしは、地学教室を出て、中山池のほとりを歩きながら、今はもういない、啓ちゃんに話しかけてたわ。

啓ちゃん、私たちがあの頃必死になって探していた、あのマチカネワニの恋人は、男だったのか、女だったのか、どっちだったのかな。

でも、もう、どっちでもいいよね。

大事なのは、その二頭のワニが、たしかに愛し合っていた、ってことなんだから。

わたしたち二人の、心の中でね。

はっきり言います。

わたしは、啓ちゃんのことが、好きでした。心から。狂おしいほどに。それがいつからっていうのは、うまく言えないけど、啓ちゃんが東京の大学に行くことになって、できたばかりの新大阪駅に見送りに行った時、わたしはホームでボロボロ泣きました。泣きじゃくるわたしの肩を、啓ちゃんは、片手でそっと抱いてくれました。

その時ね、啓ちゃんが、わたしに贈り物があるって言って、小さな木箱をくれたの。

開けてみると、中に入っていたのは、アンモナイトの化石でした。

「あの、和歌山に行った日な、黙ってたけど、俺はこっそり、アンモナイトの化石を、掘り当ててたんや」

啓ちゃんは恥ずかしそうに目を伏せながら言いました。

なんでそのことをわたしにずっと黙ってたのか、啓ちゃんはその理由を言いませんでした。

そのうち発車のベルが鳴りました。

啓ちゃんは、元気でなあ、と一言だけ言い残して、車両の中に消えて行きました。


アンモナイトは、今も大切に、わたしの部屋の引き出しの中にしまってあります。

時々は、引っ張り出して、眺めるの。

そうして、思うのよ。

啓ちゃんは、あの夜のことを、そして、マチカネワニの恋人を一生懸命に探したあの日々のことを、二人で見たあの夕日のことを、思い出すことがあるかしらって。

これがわたしの、初恋の話。「大さんの男」の話よ。

オチがついたところで、そろそろ終わりにするわね。

どうも、ご静聴、ありがとうございました。

＊

「マチカネワニの世界にも、七夕ってあるんかなあ」

仁ちゃんが声を潤ませた。

「きっとありますよ」

沖口さんが答えた。

「どこかの川のほとりで、愛し合う二頭のワニが出会える夜が、あったらええよなあ」

「仁さん、柄にもないロマンチックなこと言わんといてよ」

そう言う繭子の声にも水気が混じっていた。

私は二階の窓を開けた。

星は出ていなかった。

代わりにバー「サード」の青いネオンが曇り空に輝いていた。

第六話　凪をあつめて

1

路上に蟬の死骸が転がっていた。

店番をアルバイトの繭子に任せ、郵便局でちょっとした用事を済ませて店に戻った時に、階段の下で見つけたのだ。

まだ梅雨が明けたばかりの七月だ。夏本番はこれからだというのにこの蟬はすでに命を全うしたわけだ。私は蟬の死骸を手に取った。ヒグラシだった。ヒグラシが商店街のあるような街中にいるのは珍しい。待兼山の森から迷い飛んできたのだろうか。

道ゆく人に踏み潰されないように道の隅に置き、二階に続く階段を上がった。時計を見る。午後四時半。店には繭子以外誰もいなかった。いつも夕方にはやってくる仁ちゃんも今日はまだのようだ。

その時、二階の扉を開けて入ってきた客は、四十ぐらいの女性だった。

初めて見る顔だった。

「いらっしゃいませ」

彼女はカウンター席の隅に座って、アイスコーヒーを注文した。

フレームのないメガネをかけ、短い髪を後ろで束ねている。芥子色のTシャツに藍色のジーンズは地味な印象を与えたが、顔立ちはくっきりしてその目からは意志が感じられる。

「あの、一階の階段の前にあった貼り紙を見て、やってきたんです」

女性はどこか思いつめた顔をして言った。

「貼り紙？　ああ、『待兼山奇談倶楽部』の？」

小さな顔がコクリと動いた。

「『待兼山奇談倶楽部』は、毎月十一日ですから、次回は八月十一日ですよ。まだ席はありますから、ご予約いたしますか？」

「どなたがお話しになるか、決まっているんですか？」

「いいえ。まだなんです。もうそろそろ、決めないといけないんですがね」

「あの」

女性は私の返答を聞くや、すぐに言葉を継いだ。

「もしよろしければ……、私に、話を、させていただけないでしょうか……」

「へえ！　『待兼山奇談倶楽部』に『話をさせてくれ』ちゅうて、わざわざ名乗りを上げてくれたんかいな」

仁ちゃんがいつも以上に大きく鼻の穴を広げて言った。

「そうやねん」

女性が帰ってから三十分ほどして仁ちゃんがやってきた。繭子が事の経緯(いきさつ)を仁ちゃんに報告したのだ。

「どんな話やろなあ？　めっちゃ興味あるわあ」

「詳しくは言わはれへんかってん。その日に話するからって。けど、なんか、下の『らんぷ堂書店』にも関わる話らしいねん」

「へえ、今ちゃん、そうなん？」

「うん。どうも、彼女、死んだうちの親父のことを、知ってはるらしいんや。それも、親父の、若い時の話をな」

　仁ちゃんがぐっと身を乗り出した。

「へえ。それは余計に興味深いな。地元の人かいな」

　私は首を横に振った。

「いいや。今は、愛知県の豊橋で介護士の仕事してるって言うてはったわ。大学が阪大やってんて。二十年ほど前かな。その時にらんぷ堂書店にはよう通うてたらしい。親父がまだ元気やった頃やな。亡くなったことを知らせたら、覚悟はしてたみたいやけど、えらい悲しんではった。それから、本屋と喫茶店がもうすぐなくなることを表の貼り紙で知って、それも悲しいって。それで、待兼山奇談倶楽部のことを知って、私が知ってるこの街と、らんぷ堂書店の思い出をみんなに話したいって」

「嬉しい話やないか」

「うん。親父はもともと、なんでもベラベラ喋るような性格やなかったけど、特に自分の若い頃の話とかは、家族には、せんかったんや」

「なんでやろ」

「母親が、親父が昔の話をするのをすごい嫌がったんや。親父は時々、僕ら子供に言いかけることもあったんやけど、そのたびに母親が『お父さん、そんな話、せんでええやん！』って、止めるんや。そのうち、親父も、せんようになってきてね」

「ほう。もしかしたら今回、その秘密がわかるかもやなあ」

「けど、ちょっと、解せんこともあるねん」

蘭子が首をかしげた。

「蘭ちゃん、なんや？　解せんことって？」

「その女の人な、見た目、四十歳、いくかいかんか、ぐらいやってんよ。そやとしたら、一九八〇年生まれぐらいやんね。マスターのお父さんは？」

「大正の終わりの生まれや」

「年齢がだいぶ離れてるやん。なんでお父さんの若い頃の話、知ってるの？」

今度は私が首をかしげた。

「うん、それもそやなあ。ちょっと、ミステリアスや」

「ちょうどええやん。奇談倶楽部やねんから」

蘭子が続ける。

「私、その人に言うてん。ぜひ聞かせてほしいって。というのも私、マスターのお父さんのことは知らんねんけど、らんぷ堂書店のことは、めっちゃ好きやからね。普通の街の本屋さんやけど、品揃えが、ちょっとだけ変わってるとこあるやん。他では置いてないような本がさりげなく棚に置いてあったりね。前ね、マスターのお兄さんにそのことを聞いたことあるねん。なんでですかって。

そしたら、親父の代からそうしてるねんって。そやから私、その人から、らんぷ堂書店のお父さんの話、めっちゃ聞きたいねん」

「そういうわけで、八月十一日、来てもらうことにしたよ」

仁ちゃんが大きくうなずいた。

「とにかく八月十一日、楽しみやな。今日は居はらへんけど、沖口さんもきっと喜ぶで」

「今日は書店の定休日やから、その人、兄には挨拶できんと帰りはったけど、さっき兄にこのこと伝えたら、その日は絶対に聞きに行くって」

2

八月十一日。

日中三十七度まで上がった気温は夜になってもさほど下がらず、今夜も熱帯夜になることは確実だった。今日は「山の日」で祝日なのだが、日曜日と重なるために明日の月曜日も振替休日となり、これがお盆と連なって世間では大型連休のまっただ中だ。商店街はいつもと同じ賑わいを見せていた。お盆だからと休む店は少ない。むしろお盆には、仕事などで地元を離れた人たちが街に帰ってくる。懐かしいなあ、と言いながら喫茶マチカネに「帰って」きたかつての常連客が、今日一日だけで七、八人はいた。

その誰もが、九月いっぱいでの閉店を知って驚き、嘆いた。

「俺ら、これから、どこに帰ったらええねん」

それほどまでに愛されていたことが嬉しくもあり、悲しくもあった。

午後八時五十分。

午後九時から始まる待兼山奇談倶楽部を前に、喫茶マチカネの店内はすでに満杯だ。

昼間やってきた里帰り中の客の顔もいくつか見える。

仁ちゃんが叫ぶ。

「今ちゃん、クーラー、ちょっと強めてんか。暑うて頭が、クーラクラや」

「ありがとう。今の寒〜い親父ギャグで、二、三度、下がったわ」

繭子が自分の身体を両腕で抱えながらぶるっと震えてみせる。皆が笑う。

私はカウンターの隅に座る沖口さんの方を見た。目を細めて口の端を緩めている。

「いよいよ、あと、五十日あまりですなあ」

三日ほど前、店にやってきた沖口さんはしみじみと言った。そう言った時の表情にいつもとは何か違う、哀しみの色がにじんでいるのを感じていた。もともとおとなしい人だが、その日はとりわけ沖口さんの口数が少なかったのが気になっていた。

私は沖口さんの緩んだ表情を見て、少し安心した。

柱時計の針がちょうど九時を指した。

そのタイミングを計ったかのように、扉が開いた。

今日の話者、山脇恭子さんがやってきたのだ。

いつものように私が簡単な開会の辞を述べ、今夜の待兼山奇談倶楽部が始まった。

＊

皆さん、こんばんは。山脇恭子と申します。

先ほどのマスターのご挨拶にもありましたように、今日はお盆帰りのついでに、この会に足を運ばれた方もいらっしゃるようですね。

実は私も、今から半月ほど前に、本当に久しぶりにふらっとこの街に帰ってきたんです。

出身は愛知県なんですけど、大学が阪大でした。私、一九八一年の生まれで、阪大生としてこの待兼山に住んでいたのは、二〇〇〇年から二〇〇四年までの間でした。

この街、ほんと、懐かしいです。

私は、正直言いまして、この二階の喫茶店にはあんまり来なかったんですけど、一階のらんぷ堂書店さんには、しょっちゅう行ってました。そんなにたくさん本を買ったわけじゃないんですけど、棚を眺めているだけで、楽しくてね。あの頃、七十代ぐらいかな、白髪のおじいちゃんがレジ台に座ってましたけど、結構長い間、立ち読みしてても、全然怒らなくてね。今の店主さんのお父さんですよね。

さっき、この二階に上がる前に、息子さんにご挨拶してきました。今、そちらに座ってらっしゃいますね。久しぶりにのぞいたらんぷ堂書店は、雰囲気が当時と全然変わってなくて、それがとっても嬉しくてね。

私、このらんぷ堂書店が、本当に好きで。何が好きって、さっきもちょっと言いましたけど、レジ台に座ってるおじいちゃんの佇まいが、とっても良くて。

私ね、その佇まいを目にした時、いつも頭の中で再生される歌があるんです。「はっぴいえんど」ってバンドの、「風をあつめて」っていう歌です。

それはね、なんでだか、理由はわからないんです。でも、どういうわけか、あのおじいちゃんが穏やかな顔で座ってるお店の空気に触れると、不思議な低音の、穏やかなボーカルで歌われるその歌が、頭の中で流れるんですよね。

街のはずれの　背のびした路次を

って歌詞が出てくるんですけど、それが、この店の佇まいにちょっと似てるからかしらって、その時は考えてたんですけどね。

私ね。音楽が好きだったんです。

阪大には私が学びたい学科があったんです。文学部の音楽学科です。音楽学科って、芸術系の大学には普通にあるんですけど、国公立の総合大学で、学問として音楽を学べるところってほとんどないんですね。私は、下手ですけど楽器を弾いたり歌ったりすることも好きです。でもそれ以上に、音楽の文化的な側面を深く学びたいという気持ちがあったんです。もうちょっと具体的に言うと、民衆史としての音楽、っていいますか。ごめんなさいね。ちょっと難しい話になっちゃって。まあ、とにかくそんなわけで、私は阪大の文学部の音楽学科を選びました。

ゼミの先生は主に日本の演歌の成り立ちなんかを専門に研究してた、変わった先生でした。私には、その学問がとても面白かったんです。

今日はそのための時間じゃないからここで詳しいことは話しませんが、ごくごく短く言うと、私が学んだゼミの先生によると、演歌のそもそもの始まりは、「演説」だって言うんです。明治時代に、自由民権運動の高まりの中で生まれたもので、演歌の「演」は、演説の「演」だって。「演説」が当局によって取り締まりの対象になったんで、それをかわすために生まれたのが「演説歌」で、当時の演説歌は、今で言う、ラップみたいなものだって。

今から百年以上も前の日本人が歌った「演歌」に、私は夢中になったんです。

それが入り口になって、私は日本以外の、世界各国の、「民衆の抵抗の歌」を研究するようになりました。

「抵抗の歌」に興味が向いたのは、ちょっと私の、個人的な背景がありまして。

実は、私の祖父は、特高警察の刑事をやってたんです。

はい。太平洋戦争中の話です。

私が小学校の六年生だった夏休みのことです。お盆に実家に帰ると、その祖父が私に、簞笥(たんす)の奥から引っ張り出してきた古ぼけたアルバムを見せてくれたことがありました。そのアルバムには、赤茶けたハガキや手紙が何通も貼られてました。

読んでみるとそこには、「もう戦争をやめてほしい」といった訴えが、切々と綴られてたんです。東條英機(とうじょうひでき)や岸信介(きしのぶすけ)らに宛てたものです。当時、新聞社や役場なんかに庶民からそんなハガキや手紙がいっぱい届いてたんだって、祖父は教えてくれました。

もちろんそれらのハガキや手紙は全部匿名で出されたものなんですが、祖父はその文面から差出人につながる情報を割り出して、彼らを取り締まる職務についていたそうです。そうして捕まえた庶民を尋問して牢屋に入れるんです。祖父は当時、特高の中でも一番下っ端でしたから、そんな様子を横で見てただけだったらしいですけど。どうしてそんなハガキや手紙を祖父が持ってるかというと、八月十五日の終戦の日に、玉音放送があった後、祖父は上司から、警察が保管していたハガキや手紙、それから関連の資料を全部焼却するように命じられたそうです。ＧＨＱに対する庶民弾圧の証拠隠滅ですね。

警察の中庭でドラム缶に火をくべて、一連の資料を燃やそうとしたとき、ふと祖父は、このハガキや手紙は燃やしたらあかん、それが自分の、彼らに対する唯一の贖罪や、と思ったそうです。そうして夢中で自分のポケットの中に入るだけ押し込んだそうです。

なぜ祖父があの夏の日に、私にそのアルバムを見せる気になったのかはわかりません。

でもあの日祖父に見せられたそのハガキや手紙は、幼い私の心の深いところに刻まれました。当時、たとえ匿名であっても、そんな声をあげることはとても勇気のいったことです。それでも声をあげた人々がいたことを、後世の人は決して忘れてはならない。残さなくてはならない。語り継がないといけない。きっと祖父は、私にそれを伝えたかったんだと思います。それが私を、「抵抗の歌」の研究に向かわせたんだと思います。

「抵抗の歌」の研究は、一九六〇年代に流行した日本のフォークソングから、そのルーツをたどるように日本以外の外国まで広がっていきました。戦時下のポーランドやイタリアのパルチザンの歌、アメリカの黒人霊歌。でもそれは、あくまで、「研究」の枠を超えませんでした。

そうやって、いわば「学問の砦」の中にいた私を、砦から引っ張り出した大きな出来事が、私が大学四年生になる春に起こりました。

アメリカによるイラク空爆です。二〇〇三年でした。

空爆が始まる少し前から、テレビでは連日、アメリカがこれから行うであろう空爆計画のスケジュールを事細かに報じていました。そう、軍事評論家たちがテレビに出て、毎日毎日、まるで気象予報士が明日の天気を予測するみたいに戦争の行方を解説していました。

そうして、ついに戦争が始まりました。三月二十日です。

戦争といっても、一方的なアメリカによる空爆です。テレビは凄まじい爆撃の映像を放送しました。

私は、そら恐ろしくなりました。

その映像の凄まじさが、切実に身近に迫ってきたからではありません。むしろ逆です。私にはそれが、映画かテレビゲームか、何か作り物の映像にしか見えなくて、まるで現実感を持てなかったんです。自分とは関係のない世界で起こっている出来事、としか見えませんでした。

それが本当に恐ろしかったんです。

今、何人か、うなずいてくださった方がいましたね。

そう、あの時に、私たちが見た映像と言ったら……。

私は夜空に弾ける閃光を見て、一瞬、美しい、とさえ思ったのです。

でも現実には、今、テレビに映されているあの「現場」で、人間が大量に殺戮されているのです。

そう思った時、私は、自分の中の何かが、音を立てて崩れていくのを感じました。

その夜、テレビに小泉首相が映りました。彼は記者会見のカメラの前で言いました。

「アメリカの武力行使を理解し、支持します」

支持？　世界が大反対する中、アメリカの思惑で一方的に仕掛けたこの理不尽な戦争を、日本は支持するの？

もう、居ても立っても居られなくなりました。

アメリカはその四年前、私が高校生の時も、理不尽な戦争をしていました。ユーゴスラビアに対する空爆です。表向きはＮＡＴＯ軍ですが、主導していたのはアメリカです。

私は、愛知県にいたからよく覚えています。あの空爆が起こった時、名古屋グランパスにいたユーゴ出身のストイコビッチが、仲間がゴールを決めた後に自分のユニフォームをたくし上げてアンダーシャツに書いた「NATO STOP STRIKES」という文字をカメラに向けて見せたんです。

私には衝撃でした。それでアメリカ主導によるＮＡＴＯ軍の理不尽な空爆のことを知ったんです。

そのことを思い出しました。

何か、行動を起こさないといけない。そう思ったんです。

「今すぐ、アメリカによるイラク空爆に反対を！」

私は、ダンボールにマジックでそう書いてプラカードを作りました。

私は、たった一人で、ギターケースを持って待兼山駅の西口に向かいました。仲間はいませんでした。

ギターケースを開ける時、とても勇気がいりました。

恥ずかしくて、どうしても開けることができずに、私は雑踏の中にずっと立ち尽くしていました。

このまま帰ろうか。今なら帰れる。何度も思いました。

でも、勇気を振り絞って、ギターケースを開けたんです。

ギターケースを開けてしまうと、ギターを抱えて歌うことには、何の抵抗もありませんでした。

私はプラカードを立て、知っている限りの「抵抗の歌」を歌いました。

最初は、ピート・シーガーの「花はどこへ行った」。

それから、ボブ・ディランの「風に吹かれて」。ルイ・アームストロングの「この素晴らしき世界」。ジョン・レノンの「イマジン」。ビクトル・ハラの「平和に生きる権利」。

それからボリス・ヴィアンの「拝啓大統領殿」。

全部日本語で歌いました。どの曲にも日本語に訳した歌がありましたし、「風に吹かれて」と「イマジン」は忌野清志郎（いまわのきよしろう）が日本語にして歌っていたのをラジオで聴いたことがあるので、その歌詞を。「この素晴らしき世界」は西岡恭蔵（にしおかきょうぞう）という人が歌った、とてもいい詞がありました。

ボリス・ヴィアンの「拝啓大統領殿」は、一九五〇年代にベトナムと戦争をしていたフランスの大統領宛てに徴兵を拒否した男が書いた手紙、という設定の歌です。

私はこの歌詞の一番はそのまま歌い、二番を「拝啓東條英機殿」に、三番を「拝啓岸信介殿」に替えて、小学校六年生の時に祖父に見せられた東條英機や岸信介に宛てたハガキと手紙に綴られていた庶民の言葉にそのまま替えて歌いました。私はその文言をはっきりと覚えていたのです。そして四番は、イラク戦争を仕掛けたブッシュ大統領とそれにすぐさま賛同した小泉首相に向けて、即興の歌詞で歌いました。

待兼山の駅前でそんな「抵抗の歌」を歌うことに、今、何の意味があるのか。私にはわかりませんでした。ただ、私には、歌うことしか思いつかなかったんです。

私の下手くそな歌に誰も足を止めてくれませんでした。それでも私は歌い続けました。

そして、最後に、もともと日本語で歌われている日本の歌を一曲だけ歌いました。岡林信康(おかばやしのぶやす)の「私たちの望むものは」という歌です。

岡林信康には「友よ」とか有名なプロテストソングがいっぱいあるけど、私はこの歌が一番好きだったんです。一九七〇年の歌です。

歌い終わった時、やはり私の前に人はまばらでした。私はギターケースにギターを戻し、プラカードを持って帰ろうとしました。

その時、一人の老人が近づいてきて、私にこう言ったんです。

「お姉さん、そんな古い歌、よう知ってるなあ」

3

私はその老人に「一杯飲みに行かんか」と誘われるまま、ついて行きました。普通ならそんな誘いについて行かないんですが、私はその老人が、私の歌を聴いてくれていたのが嬉しかったんです。歌い終わった後の高揚感もありましたし、とてもそのまま一人の部屋に戻る気はしなかったし、誰かと話したかったんです。阪大下の交差点から大学の方に上がっていった左手に、曙(あけぼの)食堂って小さな店があるでしょう？　そう、開いてるのか閉まってるのか、よくわからない食堂。ガラス戸に、白いペンキで「二升五合」って意味不明なことが書いてあってね。

私はそれまで三年、毎日のようにあの前を歩いて大学に通ってたけど、一度も入ったことはありませんでした。うなずいてくださってる方もいるけど、一人で入るには、かなり勇気がいりそうな店構えでしょう？

　ガタついている引き戸を開ける老人について、恐々店に入ると、気の良さそうな年配のご夫婦、多分ご夫婦だと思うんだけど……「いらっしゃいませ！」って明るく声をかけてくれました。老人は常連らしく、夫婦に向かって「元気にしとるか？」と片手を上げながら声をかけ、二つしかない四人がけテーブルの一つに腰掛けました。「とりあえず、ビールでええかな？」私がうなずく間もなく奥さんが「あいよ」と答えるや、テーブルにビールの中瓶が置かれ、「あとは適当にアテ、持ってきて」と、私はすっかり老人のペースに巻き込まれていました。

　ビールで乾杯した後、私がさっきまで待兼山駅の西口で歌っていた歌の話になりました。

「全部良かったよ」

「でも、立ち止まって聴いてくれる人、あんまりいませんでした。拍手もなかったし。通じなかったのかな」

「みんな、打ちのめされてたんや。拍手をする間もなく、な」

　本当でしょうか。でも私は老人のその言葉に救われました。

「それでお姉さん、さっき歌うてた外国の歌、全部日本語で歌うとったけど、あの『拝啓大統領殿』の二番から後は、誰の歌詞や」

　二番と三番は子供の頃、特高警察の刑事だった祖父に見せてもらった手紙やハガキがもとになっていること、そして四番は即興でブッシュ大統領と小泉首相に対する気持ちを歌ったことを、私は老人に話しました。

「なるほどな。あの歌、迫力があったよ」

「ありがとうございます。あの歌はメロディもいいですしね」

「うん、あれは名曲や」

「バラッドですから、歌詞を乗せやすいんです」

私は、その老人と私が歌った歌の話で通じ合うのが、とても嬉しかったのです。なので、自分が大学で「民衆の抵抗の歌」を研究していることも話しました。

すると、老人は言うんです。

「『民衆の抵抗の歌』か。たしかにさっきあんたが歌うた歌は、どれも『抵抗の歌』やと言えんことはない。けどわしが思うには、どの歌も、もっと人間の生き方みたいなことを深いところで見つめた歌やないかな。特に、最後にあんたが歌うた岡林信康の『私たちの望むものは』は」

私は、老人の言葉にハッとしました。そしてその時、初めて思ったんです。この人は、いったい誰だろう？　私の気持ちを察したのか、老人は言いました。

「ああ、わしのこと、誰やと思てるんやな。まあ、無理もないな」

そう言って笑うんです。曙食堂の夫婦も顔を見合わせて笑ってるんです。

「わしはなあ。正直に言うけど、よそで誰にも言わんとってや。それから、笑わんとってや」

「はい、言いません！　笑いません」

老人は私に顔を近づけて、ボソッと言いました。

「わしは、待兼山に棲んどる、タヌキや」

「はあ？」

「いや、そやから、タヌキや。待兼山の」

私は笑ってしまいました。その答えに笑ったというより、そんなことを真顔で言う老人の表情に思わず笑ってしまいました。

「そやから、笑わんとってや、って言うたやろ」

老人は丸い目を一層丸めて口をすぼめた。

「ほんまのことやから、しゃあないですわなあ」

そう言って、食堂の奥さんも笑っているんです。

ウンウン、と、ご主人もうなずいているんです。

老人が二人を見て言いました。

「ちなみに言うとくと、このご夫婦も、キツネとタヌキやで」

「もう長いこと、ここで店、やらしてもろてます」

二人はコロコロと笑いました。

私は何がなんだかわからなくなって、とりあえず、話に乗ることにしました。老人の話を信じることにしたんです。

「そう言うたら、あの待兼山の森は、古うからタヌキが棲んでるって、聞いたことあります。お姿お見かけしたことなかったですけど、夜中にキャンパスの中の竹林の前を歩いてたら、暗闇の中に丸い目が二つ、光ってたことがありました。あなたでしたか」

「ああ。もうかれこれ、七十年は棲んどるなあ」

「七十年？　戦前から？」

「そうなるなあ」

「いろいろ、見てこられたんでしょうね」

老人はうなずいて言うんです。

「ああ、いろいろ見てきたよ。いろんな人間にも逢うてきた」

それから老人は、びっくりすることを私に言いました。

「さっきの歌の話やけど、あの、岡林信康の歌な」

「『私たちの望むものは』ですか？」

「そう。わしな、あの歌を作った人を知ってるで。逢うたことがある」

「えっ？　岡林信康と？」

「いや、彼とは逢うたことはない。『作った』人や」

あの歌、「私たちの望むものは」は、岡林信康の作詞作曲なんです。それは間違いありません。それを「作った」人？　私は、老人が話していることの意味がよくわかりませんでした。でも、すごく興味を惹かれたんです。

「教えてください。その話」

「ほな、酒を変えよか。『呉春』を冷やで。やっぱり酒は、地元の『呉春』に限るな」

そうして、老人は話し始めたんです。

4

「お姉さん。あれは、今から五十一年前の話や。いつもは静かな待兼山が、えらい騒がしゅうなったことがあってなあ。五十一年前、一九五二年。ここで何があったか、知ってるか」

私は首を横に振りました。

「そしたら、その二年前。一九五〇年。この年は、何があったか、わかるか」

「朝鮮戦争?」

「その通りや」

朝鮮戦争。私が生まれる三十年以上も前のことだけど、さすがにそれは知ってました。

第二次世界大戦が終結してからわずか五年後。朝鮮半島で起こった戦争です。北と南に分断された同じ民族同士が戦って血を流したんです。南北で合わせて数百万人が死傷して、一千万人以上の家族が離散したって言われてます。悲惨な戦争です。後ろで糸を引いていたのはアメリカとソ連です。いわば米ソの代理戦争。「イムジン河」って歌をご存じですか? そう、紅白歌合戦で、キム・ヨンジャが歌ったこともありましたよね。あの歌は、もともとはこの朝鮮分断を背景に、北朝鮮で作られた反戦歌です。

「あの朝鮮戦争が始まって、ちょうど二年後。この待兼山で、どえらい騒ぎが起こった。日本中が注目するような大事件がな」

どえらい騒ぎ? この待兼山で? 日本中が注目するような大事件?

朝鮮戦争と、待兼山に、いったいどういう関係があるっていうんだろう?

私はしばらく黙って、老人の話す言葉に耳を傾けることにしました。

「忘れもせんよ。はっきり覚えてる。あれは一九五二年六月二十四日の夜やった。ちょうど夏至の頃でな。日が長いんや。わしは夜行性やからな。とっぷりと日が暮れてからしか行動せん。ようやく暗うなったんで、待兼山の寝床から這い出してあたりを散策してた。待兼山があるのは阪大の構内やからな、夏とはいえ夜になったら山の周りはしんとして音ひとつ聞こえんようになる。

ところがその夜は、なんやらやたらに騒がしい音が、待兼山の下の阪大のグラウンドからずっと聞こえてくる。わしは、山を下りてグラウンドの方をのぞいてみた。

グラウンドには、えらい大勢の人間が集まってた。五百人ほど、いや、もっとおったかな。誰かが拡声器で大きな声で話しとった。それが終わったかと思うたらまた誰かが喋り出す。ようやく終わったかと思うたら、今度は大勢で肩組んで大合唱。その繰り返しや。

なんの騒ぎや？　大学祭やったらもう五月に終わっとるはずや。

今日はあんまりあっちには近づかん方がええな。そう思うて、わしは山に戻った。

そのうち静かになるやろう、と思うてた騒ぎは、いつまでたっても収まる気配がない。

わしは森の中でおとなしゅうしてた。その日は新月で、星が綺麗に見える夜やった。あたりは真っ暗や。すっかり夜が更けた。そしたら待兼山の竹林の方で、ガサガサと人が入ってくる足音が聞こえた。目を凝らして見たら、若い男が二人、懐中電灯とノコギリを持って歩いてきよる。しばらく身を隠して様子を見てたら、そいつらは、ノコギリでギコギコ、竹を伐り出したんや。わしはとっさに人に化けて訊いた。『おまえら、何してるんや』。突然竹やぶの中で話しかけられた二人は、わあっと声をあげて腰を抜かしよった。

見たところ、二人の若い男は、一人は二十代半ば、もう一人は、まだ十代のように見えた。わしは二人を怖がらせんように、なるべく優しい声で言うた。

『心配すな。わしは、まあ、この辺をなわばりにしとるもんやけど、別にあんたらを捕まえたりどっかに突き出したりするつもりは毛頭ないから、安心せい。竹を伐って、どないするんや？』

グレーの作業着を着た年上の方の男が答えた。

『竹槍、作るんです』

『竹槍？』

わしは、さらに訊いた。

『竹槍作って、どないするんや？』

『これから国鉄の吹田操車場までデモに行くんです』

『吹田の操車場まで？　こんな夜更けに？』

『はい。あの、グラウンドでやってるのは、それに先駆けての集会です』

『何のデモや？』

男は、ちょっと呆れたように言った。

『知らんのですか？　明日が何の日か？　六月二十五日。朝鮮戦争が始まった日です。明日でちょうど二年です』

その時、初めて若い方の男が、きっとした表情で口を開いた。

『あんな戦争は、絶対に止めな、あきません。僕らはそのために来たんです』

若い方の男は、黒の学生ズボンに白の開襟シャツで、まだ高校生のように見えた。綺麗な目をしてる少年やと思うた。痩せてはおったが、まっすぐに背筋が伸びとった。

『あんたら、日本人か』

二人はうなずいた。わしは、わざと意地悪に訊いた。

『朝鮮の戦争やろ？　なんで日本人がデモなんや？』

『それは』

年上の男が答えようとするのにかぶせて、少年が言うた。

『朝鮮人同士が殺し合いをさせられてるあの戦争の戦闘機は、どこから飛んでるか知ってますか？』

それはわしも知っとった。

ちょうど二年ほど前から、伊丹空港、当時はイタミ・エアベースって呼んどったけどな、そこから毎日毎日、引きも切らずに凄まじい轟音（ごうおん）を立ててアメリカの爆撃機が飛び立って行きよるんや。もう、うるそうてうるそうて、昼間、寝てても いっぺんに目ぇ覚める。伊丹空港は待兼山の目と鼻の先やからな。そやからわしも、あの戦争にはえらい迷惑してたんや。

少年は話を続けた。

『爆撃機だけやないです。爆撃機から落とされる爆弾、ナパーム弾やクラスター爆弾、どこで作られてるか知ってますか？　僕らが住んでるすぐ近くの生野（いくの）の町工場です。そこには在日の朝鮮人たちがぎょうさん働いてるんです。朝鮮人たちを殺す武器を、日本で朝鮮人たちが作ってるんです。それで何の罪もない、ただ普通に生活してる何十万人もの人たちが命を奪われてるんです。焼かれたり、手足を飛ばされて。こんな理不尽なことがありますか？　平和憲法ができて、わずか五年です。武力の行使を永久に放棄する、と言うときながら、日本はこの戦争に、はっきりと加担しとるんです。そやから』

少年の澄んだ声が竹林の中に響いた。

『今、この流れを止めんと。何にもせん、見て見ぬ振りする、それは我々が、罪のない朝鮮人たちを殺してるのと一緒のことです』

わしは答えた。

『そうか。それはわかった。けど、なんで、デモの行き先が、吹田の操車場なんや？』

今度は作業着の男が答えた。

『吹田操車場は、アメリカ軍のナパーム弾やクラスター爆弾とかの軍需物資を載せた列車の発車拠点です。吹田操車場から日本にある米軍の基地に毎日武器が運ばれてるんです。我々は、それを阻止しに行くんです』

少年が続けた。

『軍需列車を十分遅らせたら、朝鮮人千人の命が助かるんです』

この二人は、そのためにデモに参加して、列車を止めようと言うとるんや。

わしはこの二人に興味を持った。

『さっきの竹槍は、何に使うんや』

『デモの最中に、武装した警察官と衝突した時に、抵抗するためのもんです』

『相手は警官やで。ピストル持っとるやろ。そんな棒切れみたいな竹槍で太刀打ちできるか』

『おっしゃる通りです。けど僕らは、行きたいんです』

『こんな騒ぎ起こして、捕まったら、ただではすまんのとちゃうか』

『覚悟の上です』

『世間から白い目で見られるで』

わしの言葉に、少年はきっぱりと言うた。

『もっと大切なことがあります』

竹やぶの中が一瞬、しんと静まった。

少年は、視線をグラウンドの方に向けた。

『同じ思いの仲間がいます。こんなにぎょうさん。僕らが行動することで、もっともっと、増えるはずです』

なんやろうなあ。魔が差した、ちゅうんかなあ。わしな、その時、この騒動を見届けたろう、という気になったんや。彼らと一緒に竹槍を三つ作って、待兼山の竹やぶから出て、すぐ下の阪大のグラウンドに行ってみた。

大勢の人間が集まってた。最初に見た時より、人数はだいぶ増えてた。ざっと千人はいてたやろか。学生、労働者。朝鮮人たちも大勢おるようやった。

行進はすでに始まってた。出遅れたわしらは、デモ隊の最後尾の方に合流した。

『おお、おまえら、竹槍作ってきたか』

二十歳ぐらいの、背の高い、若い男がわしらを見つけて話しかけてきた。

『よし。最後尾はいつ機動隊が後ろから攻撃してくるかわからんから、しっかり防備して行進するように』

最後尾の方で隊列を組んで歩いてるのは、学生が多かった。おそらく阪大の学生たちやろう。たいがいは白の開襟シャツにズボン姿やったけど、わしらに声をかけてきたその男だけは、六月やというのに、詰襟の学生服を着とった。

　詰襟の男はそうやって隊列を作ってるみんなに何やら指示を出しながら歩き回って、デモ隊を統率しとった。

『あの学生は？』

　作業着の男が教えてくれた。

『おそらく阪大生で、デモを仕切ってるリーダーでしょう。僕らもよう知りません。みんなそれぞれいろんなところの反戦集会から集まってここに来てるんで、横のつながりはないんです』

『あんたらは、どこから来たんや？』

『僕らは大阪市内の谷町（たにまち）からここに来たんです』

『谷町？　谷町からここまで来たんか？』

『はい。私は谷町六丁目の謄写版の会社で働いてます』

　謄写版というのは、若い人はわからんかも知れんが、ガリ版の印刷のことや。わしはとっさに男の手を見た。指先がインクで真っ黒に汚れていた。

『そしてこの子は、天王寺（てんのうじ）にある高津（こうづ）高校の夜間の学生です』

　夜間の学生、ということは、その少年もどこかで働きながらこのデモに参加してるのやろう。

『この子が、いつも自分の考えを学校にあるガリ版で刷って校内で配ってたんやけど、学校の謄写版がいつでも使えるわけやないんで、うちに来るようになって。それで、彼が書いたもんを読んでるうちに、僕も、共感して。今回のデモのことも、何回も何回も、話し合いました。このデモに参加する、ということが、どんな意味を持つか』

わしは少年の方を見た。少年は、自分の決意を自分で確かめるように、しっかりと前を向いて言うた。

『平和な日本になってほしい。そして、平和な世界に。ただそれだけです。本当の意味での平和です。弱い人々の命の犠牲の上に成り立ってる我々の平和や繁栄なんて、まやかしです。そんな世の中は粉砕せなあきません。何回でも言います。今、何にもせえへんのは、僕らがこの戦争に加担してるのと同じや』

その時、詰襟の男がまたやってきた。

『おい、そこの三人、何をべちゃくちゃ喋ってるんや。しっかり行進せんか。シュプレヒコール！』

男が離れたあと、作業着の男がまた声を潜めて言った。

『僕らに、竹槍を作ってこいって、ノコギリを渡して命令したんも、あの学生です。竹槍は事前にだいぶ用意してたみたいやけど、僕らの分が足らんようになったんで』

詰襟の男の目は特に印象に残った。人の心を見透かすような鋭さがあった。それでいて、何を考えてるのかようわからん、とらえどころのなさが、やつの目にはあった。

わしらは阪大の正門を出ると西国街道を東に向こうた。

ドドン、ドドン、と、隊列の前の方で誰かが大太鼓を叩く音が聞こえてた。みんなの表情は張り詰めとった。そうしてひたすら歩いて千里（せんり）の山越えや。あの辺は大阪万博の前後に開発されて今でこそ住宅とか道路とか整備されとるけど、まだ大阪万博が開かれる十八年も前の話や。それこそ竹やぶだらけの山道と野道の連続でな。

ようやく山道を抜けて広い道に出たと思うたら機動隊が待ち構えてて、そいつらに囲まれながら吹田操車場まで、延々、二十キロ近くも行進したんや。操車場の入り口にたどり着いた頃にはもうフラフラや。朝の六時ごろで、とっくに日は昇っとった。生駒の山が朝日で白う光ってたんを、よう覚えてる。操車場ではわしらとは別に服部の方から行進してきたデモ隊の何人かが、線路に身体を横たえて列車が動くのを防いどった。

そのあとわしらはデモ行進の詰襟のリーダーに言われるまま、国鉄吹田駅に入って、大阪行きの列車に乗り込んだ。朝やから車内は通勤や通学客で満員や。そこに竹槍を持ったわしらが乗り込んだんや。乗客にしたら迷惑な話やな。

そしたら突然、警官が山のように襲ってきよった。そして車両の中でいきなりデモ参加者の一斉検挙を始めたんや。

それから信じられんことが起こった。列車の窓から警官の一人が上半身を突っ込んできて、車内におったわしらに向かってピストルを撃ったんや。ぎゃっと叫んで学生の一人が倒れた。彼の太ももに弾が当たったんや。車内の床は血まみれや。車内は大混乱や。

デモ隊の中にも、それにひるんで列車から飛び降りるもんもおった。恐怖のあまり脱糞するもんもおったな。けどな、その作業着の男と少年は、警官らがおる方に向かって、走って飛び込んで行ったんや。

わしか？　わしはとっさにタヌキに戻って窓から飛び出して、ほうほうの体で待兼山まで逃げ帰った。そんなことが、あったんや」

私はその老人の話を聞いて驚きました。

そんなことがこの待兼山であったなんて。

皆さんも、知らなかったでしょう？　そう、地元の人でさえ、阪大生でさえ、このことを知ってる人は、もうほとんどいません。

その話を聞いた時、訊きたいことが私の頭の中でいっぱい渦巻きました。

そして、老人の話には、続きがあったんです。私が本当に驚いたのは、その続きの話でした。

5

「あとで事件のことを新聞で読んだらな、あの日のデモは『吹田事件』と名付けられて、大々的に取り上げられとった。デモに参加したのはおよそ九百名。とタヌキが一四、とは新聞には書いてなかったけどな。

そのうち二百人以上が騒擾罪や威力業務妨害罪の容疑で逮捕された。その中に、あの少年と作業着の男も含まれとったはずや。

それでな。あの事件があった二年後に、わしは、あの作業着の男と、ばったり再会したんや。

どこで会うたと思う？

待兼山の商店街や。あの男は、待兼山駅の東口の近くに開店したばっかりの本屋の勘定場に、座っとったんや。

わしは、声をかけた。

『あんた、二年前、待兼山で、竹槍作りに山に入ってきた……』

男は、すぐに思い出したようやった。

『ああ、あの時の！』

『あんたら、あれからどうなったんや』

『逮捕されて留置場に入れられたけど、なんとか不起訴になって釈放されました。けど、百人以上が起訴されました』

『そうやったんか。で、なんで、ここに座ってるんや』

『逮捕されたことで、謄写版の会社は、辞めざるをえんようになって。もちろんそれは覚悟の上でしたけど。それでどうしようかと思うてたんですけど、あの夜、一緒にデモした、あの夜間高校の少年、覚えてますか』

『もちろん、よう覚えとるよ』

『彼も留置場に入れられたけど、同じように釈放されました。なんでも彼は、二百人以上の逮捕者の中で最年少やったらしいです。留置場では、ずいぶん丁重に扱われたそうです。彼の真摯な瞳が、そうさせたんでしょうかなあ』

わしはあの少年のまっすぐで澄んだ瞳を思い出した。

『それで、あの少年は、高校行きながら、谷町の書店で働いてたんです。それで、彼の口利きで、僕もそこで厄介になることになりまして』

『そうやったんか』

『そこで、書店の仕事が、面白いと思うたんです。それで』

『本屋になったんか』

　男はうなずいた。

　そして、こう言うたんや。

『僕は日本が朝鮮戦争に加担してるのを見て、どうしてもデモに行きたいって言うたあの少年に心を打たれて、待兼山に行きました。今でもそのことはこれっぽっちも後悔してません。けど、やり方は、間違うとったんちゃうかと思うてるんです。戦争っていう暴力に対して、暴力をもって対抗しようとした。それではあかんのや。そしたら、どうしたらええねん。僕はあれからずっと自問自答しました。

　そうして、思うたんです。一人一人が、自分にできることをやっていくしかないんや。自分ができることで、少しは人に喜ばれるようなことを、それぞれが突き詰めていくしかない。そうしたら、その先の未来が、今より悪うなるはずはない。それで、僕にできることは、この世界を、少しでも平和でいい世界にするために、自分が良いと思った本を、みんなに届けることや。少年がいてる本屋で働いてるうちに、そう思うたんです。そしたら、ちょうどこの待兼山の駅前に、手頃な物件があって、それで、郷里の親戚から借金して、思い切って……』

『ほう。それは、巡り合わせやなあ。あんたの人生を変えたこの待兼山で、本屋の主人として、また新たな人生を始めるとはなあ』

『ええ。実は店を始めるちょっと前に、家内と結婚しまして。家内はぶうぶう言うてますわ。私は戦後に日本海の近くの田舎から一人で大阪に出てきたから、こっちに身寄りはおりません。逮捕された時の身元引き受け人が、当時付きおうてた彼女やから、僕は彼女に頭が上がりませんねん。それでも渋々、僕の本屋をやりたいていう希望は、聞いてくれました。あんたの本屋の売り上げだけではやっていけんやろうから、私は二階で、喫茶店やるって』

『頼もしい奥さんですなあ』

その時、奥さんらしき人が店に入ってきた。彼は声を潜めてこう言うた。

『あ、この話は、ここまでで。家内は、あの頃の話をするのを、ものすごう嫌がりますねん』

私は本当に驚きました。

いつもニコニコ笑いながらレジ台に座ってる、あのらんぷ堂書店のおじいちゃんに、五十一年前、そんな歴史があったなんて。

でも、その話を聞いてとても納得のいったことがあったんです。

それは、らんぷ堂書店の、棚です。

ごく普通の本屋さんの棚です。

でもそこには、他には置いてないような、でも見つけるとハッとするような本がところどころに交ざってるんです。

たとえばね、もうずいぶん前に出た岩波文庫の吉野源三郎の『君たちはどう生きるか』が、わざわざ平積みで置かれてる。その横にイタリアの児童文学作家ロダーリの『兵士のハーモニカ』が置いてある。六〇年代から黒人解放運動をリードしてきたアンジェラ・デイヴィスの自伝なんかが、さりげなく置いてある。どれも、ちょっと他の街の本屋さんでは見ない本です。

それらの本は、きっと、「この世界を、少しでも平和でいい世界にするために、自分が良いと思った本を、みんなに届けること」、そんな思いでらんぷ堂書店のご主人が並べた本やったんやって、私は気がついたんです。

でも、そこではたと、大きな疑問が湧きました。

その老人は、そもそもこの話を、私があの夜に歌った歌、「私たちの望むものは」を作った人を知ってるで、と言って話し出したんです。でも、その答えは、どこにあったんだろ?

私は、そのことを老人に問いました。

そしたら、老人は、こう答えたんです。

「ああ、『私たちの望むものは』。あの岡林信康の歌な。その話をするのをすっかり忘れとったな。あの歌はな、URCレコードというレコード・レーベルから出とる。URCというのは、『アングラ・レコード・クラブ』の略称や」

「ええ、よく知ってます」

URCレコードというのは、もう今から五十年ほど前に生まれた、まあいわば日本で最初の「インディーズ・レーベル」なんです。大手のレコード会社からは絶対に出ない、プロテストソングや反戦歌、放送コードに触れるような歌をレコードにしてました。さっきお話しした「イムジン河」も、大手レコード会社から販売中止になったものを出したのがURCレコードでした。その前に「受験生ブルース」だとか「帰って来たヨッパライ」だとか、大ヒット曲をいくつも生み出した資金で作られたレコード会社です。

「それが、何か?」

「そのURCレコードを作ったのが、あの夜、待兼山から始まった朝鮮戦争を止めるためのデモを最後尾で主導してた、詰襟の学生服の男や」

「えっ、ほんとですか」

「わしもそれを知った時にはびっくりしたよ。あの『事件』から、もう二十年近くも過ぎた頃やった。たまたま喫茶店で読んでた雑誌で、あの男の写真を見かけたんや。服装はもちろん詰襟やのうて、白の上下のスーツにスニーカー姿で、ソファに長い足を投げ出して座ってる写真やった。髪型も肩まで伸びた長髪でな。そうやな、あの頃のジョン・レノンそっくりのファッションやった。けどな、どこか人の心を射抜くような鋭い、それでいて何を考えているのかわからん、とらえどころのないあの目は、変わってなかった。その目で、すぐにあいつやとわかったんや。記事を読んだら、今話題のURCレコードを作った男やって紹介されとるんや。びっくりしたで。日本中を騒がせた、二百人以上の逮捕者を出して大事件になった反戦デモのリーダーが、大手のレコード会社の向こうを張るインディーズのレコード会社の社長に収まってたわけや。ちょうどその頃や。岡林信康がURCレコードから『私たちの望むものは』が入っているアルバムを出したのは。あれは七〇年の大阪万博の年やったんと違うかな」

　私はしばらく言葉が出ませんでした。

　その夜、アメリカによるイラク空爆の映像を見て、居ても立っても居られなくなって、待兼山の駅前で歌った歌。それを聴いた老人が、私を五十一年前の待兼山に連れて行ってくれました。そうして私は、あの歌が入ったアルバムを「作った」人に出会ったのでした。

　そしてそれ以上に私の心を揺らしたのは、その夜、理不尽な戦争を止めたいという、止むに止まれぬ純粋な気持ちで命を懸けてあのデモに参加したのが、今、私が話をしているこの下の、らんぷ堂書店のご主人だった、ということです。あのデモに参加した、他の人たちの人生は、その後どうなったのだろうか。そんなことも考えました。

「今夜は、ずいぶんと、昔の話が過ぎたかな。けど、楽しかったよ」

老人は腰をあげようとしました。

「あの、ひとつ聞いていいですか」

「なんや」

「あのデモで逮捕されて起訴された百人以上の人たちは、その後、どうなったんですか」

「ああ、事件から二十年ほども経ってから、新聞に載っとったわ。裁判で、騒擾罪は全員無罪になったって」

私はあらためて、長い時の流れを感じました。そしてその時の流れは、間違いなく私たちが生きている今とつながってるんだ、ということも。

「ありがとうございました。ここのお勘定は私が」

「何を言うてんねや。貧乏な学生さんに奢ってもらうわけにいくかいな」

「ええんですよ。勘定は」

曙食堂の奥さんが言いました。

「でも……」

「ええんですって。そやかて、この人、タヌキですもん」

ピシャッと引き戸を閉めて、その老人は出て行きました。

私はギターケースをつかんで慌てて追いかけました。もう外に老人の姿はありませんでした。振り返ると、ふっと、曙食堂の灯が消えました。


私は次の日、らんぷ堂書店に行きました。

レジ台に座るおじいちゃんは、いつもと同じ穏やかな笑顔で、私に会釈してくれました。

私は、昨日老人から聞いた話が本当かどうか、確認しようと口を開きました。

「あの……」

その時、ラジオから、歌が流れてきたんです。

はっぴいえんどの「風をあつめて」が。

私はその偶然に、びっくりしました。一瞬、幻聴じゃないか、と思ったぐらいです。その歌は、この本屋のレジ台に座るおじいちゃんの姿を見た時に、いつも私の頭の中で流れる歌だったから。

私が発しようとした言葉は喉の奥で行き場を失って、代わりに別の言葉が口から出ました。

「この歌、いい歌ですね」

おじいちゃんの目尻がキュッと下がりました。

「ええ。私も大好きです」

おじいちゃん、この歌、知ってたんだ。

私は嬉しくなりました。

実は、はっぴいえんどの「風をあつめて」も、URCレコードから発売されているのです。一九七一年。まだ「政治の季節」を重く引きずっていたあの時代に、なぜURCレコードは、このような、透明な風が街を吹き抜けるだけのような歌を発売したのだろう。

私は、会ったことも見たこともない、詰襟姿の男の顔を想像しました。

その時、ふと思いました。

らんぷ堂書店のおじいちゃんは、この歌のアルバムを、あの詰襟姿の男の会社が作った、ということを知っているだろうか。

でも、ラジオから流れてくるあの歌声を聴きながら、おじいちゃんの柔らかな目を見ているうちに、そんなことはどうでもよくなりました。かつて竹槍を持って世界を変えようと思った人が、今は、別の手段で世界を変えようとしている。私は、それがわかっただけで幸せでした。

私は、また別のことをおじいちゃんに訊きました。

「オススメの本は、ありますか？」

今まで、そんなことを訊いたことはありませんでした。

おじいちゃんは私の顔を「おや？」という表情で一瞥（いちべつ）すると、立ち上がって、本棚の片隅から本を抜き出しました。

アンジェラ・デイヴィスの自伝でした。

「どうしてこの本を？」

「あんた、いっつもこの本を、ここで立ち読みしてたでしょう？　よっぽど気に入ってるんやなあ、と思ってね。ここでもう全部、読んだと思うけど、もし何か買いたいというんなら、この本を。良い本を、手元に置いておくのはいいもんですよ。何度でも読み返せる。それが、本のええところです」

その本は、私のバイブルとなって、今も私の本棚にあります。

私は、初めて待兼山の駅前で歌ったあの夜の後も、何度も駅前に立って歌を歌いました。聴いてくれる人は、少しずつ増えました。私が歌う「拝啓大統領殿」の歌詞に関心を持って熱心にいろいろ訊いてくる人もいました。そんな人たちには祖父のアルバムの話をしました。祖父のアルバムに収められた反戦の手紙をイベントで展示したい、という人も現れました。

私が歌う歌はいつも同じでした。ただ、一曲増えました。一番最後に、「風をあつめて」を歌いました。

この歌は、抵抗の歌でも反戦の歌でもありません。

でもなぜか私は、この待兼山で、この歌を歌いたかったんです。それがふさわしいように思えたんです。

ボブ・ディランに「風に吹かれて」という歌があるでしょう？　そう、答えは風のなかにある、という歌詞が有名で、反戦歌って、言われてます。じゃあ、「風をあつめて」の「風」は、何を意味しているんだろうか、同じだろうか。吹かれるんじゃなくて、あつめるってことに、何か意味があるんだろうか。答えは、聴く人、それぞれでしょうね。それでいいんだと思いながら、私は歌いました。

翌年、私は大学を卒業し、この街を離れました。

ＪＩＣＡに就職し、世界中を飛び回っていましたが、今は思うところがあって、故郷の愛知県に戻って、介護士をしています。

今年は、二〇一九年。私がこの街を離れてから、十五年、経つんですね。毎日を忙しく過ごし、この街のことはすっかり忘れていました。それで先月、介護士仲間の会合で大阪に出てきた時に、ふと待兼山のことを思い出して、帰る前に立ち寄ったんです。そしたら、この九月いっぱいで書店と喫茶店が閉店することを知って……。

ここに来る前、らんぷ堂書店に立ち寄ったことは、最初にお話ししましたね。

岩波文庫の『君たちはどう生きるか』は、今でも平積みで置いてありました。

この本は一昨年あたりからテレビ番組で取り上げられたり、漫画版が出たりで、今、人気なんだそうですね。でも、らんぷ堂書店では、そんなブームが起こる、ずっとずっと前から、たくさん置いてありました。私はそこでまた、書店のおじいちゃんが言ったという言葉を思い出しました。

「この世界を、少しでも平和でいい世界にするために、自分が良いと思った本を、みんなに届けることや」

らんぷ堂書店の灯は消えても、私はこの待兼山の街で学んだことを忘れません。きっと私以外にも、そんな人はたくさんいると思います。そんな人たちひとりひとりが、これも、らんぷ堂書店のおじいちゃんが若い頃に言ったという言葉、

「自分ができることで、少しは人に喜ばれるようなことを、それぞれが突き詰めていくしかない。そうしたら、その先の未来が、今より悪うなるはずはない」

その言葉を胸に生きていけばいいんだ。私は今日、それを伝えたくて、ここに来ました。

どうも、最後まで聞いてくださって、ありがとうございました。

＊

大きな拍手が起こった。

兄は泣いていた。

兄にとっても、私にとっても、初めて聞く父の話だった。

身体が弱くて徴兵検査に合格しなかった父。どうせなら、自分の好きなことをしようと日本海に面した海辺の故郷を出て大阪に来た。私たち息子には、そうとしか言わなかった。その言葉の裏に、そんな思いが秘められていたとは。

私は山脇恭子さんに礼を言った。

「今日は、父の話をしてくださって、ありがとうございました。父もきっと、喜んでいると思います」

「お礼を言いたいのは、私の方です。大切なことを思い出させてくださって、ありがとうございました」

その時、繭子が手元のスマートフォンを操作した。

店の中に、はっぴいえんどの「風をあつめて」が流れた。

誰もが耳を澄ました。

傍らで、父もその歌を聴いているような気がした。

第七話　青い橋

1

「ぶっちぎりで最下位のヤクルトに延長で逆転負け、て」

「喫茶マチカネ」のカウンターで、仁ちゃんがスポーツ新聞を広げている。

「ペナントレースも終盤や、ちゅうのに、首位の巨人に九・五ゲーム差。三位の広島にも四・五ゲーム差や。夏前まではそこそこ調子良かったのになあ。まるで、今日の天気や」

仁ちゃんの言う通りだった。朝方に広がっていた青空は昼過ぎから雲行きが怪しくなって厚い雲に覆われ、午後三時頃からは遠くで雷が鳴り出した。

「この分やと、夜は雨かもしれんね」私は窓の外を眺めながら相槌を打った。

「前に阪神が優勝したのは、十四年も前か。せめてもう一回ぐらい、この店で阪神の優勝を味わいたかったなあ」

仁ちゃんはしみじみと言って、スポーツ新聞を畳んだ。

二〇一九年九月十一日。

「喫茶マチカネ」と「らんぷ堂書店」の閉店まで、三週間を切った。

先月、山脇恭子さんが「待兼山奇談倶楽部」でらんぷ堂書店の先代店主、つまり私の父親の話をしたことで、兄の閉店の決意は一瞬揺らいだようだ。しかし結局決意を翻すことはできなかった。

すでにこの土地と店は人手に渡ることが決まっていた。跡地には低価格で知られる居酒屋のチェーン店が入るようだ。次に阪神がペナントレースを制する頃には、阪神の優勝を喜ぶ客たちがその居酒屋で馬鹿騒ぎしていることだろう。

そして、いよいよ今日は「待兼山奇談倶楽部」の最後の日だ。

これまで何人も、この街にゆかりのある人たちが語ってくれた。ひとりひとりの話を、今もありありと思い出すことができる。

いずれも「待兼山奇談倶楽部」を開催しなければ、誰にも知られることなく埋もれていった話だ。私は話を聞くたびに、この倶楽部を開いてよかったと心から思った。

そして、最後の開催日の今日、語るのは、店の常連客、沖口さん。この「待兼山奇談倶楽部」の発案者だ。

「私、ちょっと、心配なことあるねん」

カウンターの中の藺子が眉間にしわを寄せた。

「沖口さんのことか」

そう、と藺子はうなずいた。

「なんか、ここに来はる回数が、減ったと思わへん?」

たしかにそれはそうだった。これまでは週に一度、たまには二度、と顔を見せていたのに、八月に入ったあたりから訪れる日の間隔が開くようになった。

「まだ夏前なんかはね、えらい日焼けして現れたことがあって、どないしたんですか? って訊いたら、須磨(すま)の海岸まで一人で行って来たんです、とか言うて笑うてはったのに。一ヶ月前に来はった時は、ちょっと痩せてる感じしたしね。まあ、もともと、そんな太ってる方やないけど。表情もやつれてたし。さりげなく訊いてみても、夏バテですわ、と笑うてはるだけやし」

「俺も、それは気づいてた」と仁ちゃん。「笑い方にも、力なかったしな。なんか、無理して笑てる感じしたわ。九月に入ってから、一回も来てはらへんやろ。今日は、ほんまに来はるんかな」

「それは大丈夫やと思う」と私は答えた。

「いつもきっちりしてはる沖口さんのことや。都合悪いんやったら、必ず連絡してきはるやろし。今のとこ何の連絡もないし」

ウンウンと、仁ちゃんと繭子は不安を振り払うかのように首を前に倒す。

「それにしても、沖口さんがしはる話って、どんな話かなあ」

仁ちゃんが腕を組む。

「予想もつかんわ」繭子が応える。

「沖口さんて、いっつもほとんど、自分のことは話しはれへんやん」

そうやねん、と仁ちゃんが話を継ぐ。

「奇談倶楽部の話が立ち上がった時、あの控えめな沖口さんが、最後の回は私に話をさせてほしいって、わざわざ頼みはったぐらいや。よっぽど何か、話したいことがあるんやと思うで」

「気になるわあ。でも、めっちゃ楽しみ」

開始時刻の午後九時の十分ほど前に、沖口さんは約束通りやってきた。

「いやあ、お待たせしてすみません」

ポツポツと、雨が降ってきましたわ、と、話す沖口さんの声は、いつもの低音で張りがある。その表情にもこのところ皆が心配していたやつれた感じはなかった。私は安心した。

奇談倶楽部用に並べた椅子もすでに満席だ。これまでここで話をしてくれた「ロッキー」の時任さんや、「能登屋食堂」のふみ子おばあちゃんの姿も見える。時任さんはあれから膝の手術をしたそうで、今日は自転車に乗ってきたんや、と嬉しそうに話している。私がいるカウンターの中にも立ち見のお客さんが何人もいる。誰もが今夜を楽しみにしていた。

午後九時になった。私はこれまで店を支えてきてくれたお客さん、そして待兼山奇談倶楽部に足を運んでくれた街の人たちへの感謝の気持ちを込めて、いつもより長めに開会の挨拶をした。

「まだお店は三週間ほど続きます。しかし、こうしてみんなが集まる『待兼山奇談倶楽部』は、今日が最後の夜です。どうか皆さん、楽しんでいただければ、と思います。では、最後のゲストの方をご紹介しましょう。お店の常連で、この待兼山奇談倶楽部の発案者でもあります。沖口久志さんです」

大きな拍手が起こった。

沖口さんは深々と一礼をしてから、ゆっくりと、大きな深呼吸をひとつした。

そして、いつものあの落ち着いた声で、静かに話し出した。

2

皆さん、こんばんは。沖口久志と申します。

早いもので、月に一度の「待兼山奇談倶楽部」が四月から始まって、もう五ヶ月が経ったんですね。正直最初は、続くんかなと心配もあったんですが、杞憂に終わりました。どうもこの街には、不思議な話を引き寄せる力が、あるようですね。

最後の回に私が話をさせていただけること、とても光栄に思います。

これは、私からお願いしたことなんです。ぜひ、最後の回は、私にお話をさせてください、と。私のわがままを聞いてくださって、ありがとうございます。とはいえ、これまではそちらに座ってこの街の皆さんの不思議なお話を楽しんでおりましたのに、今夜はこちら側からお話しする方になりまして、いささか緊張しています。元来、あんまり人前でお話しするのは得意な方やないんです。どうなることやら、不安でいっぱいです。それでも私は、この奇談倶楽部の言い出しっぺでもありますんで、なんとか私なりに、精一杯、お話をして、お役目を果たしたい、と思ってます。どうぞ、おつきあいくださいませ。

実は、私には、今まで誰にも話してこなかった、秘密があります。

これは、長年連れ添ってきた妻にも、言っていないことです。ずっと、私の胸の中にしまっておりました。正直言いまして、今でも、この話を打ち明けることには、ためらいがあります。

勇気を振り絞ってお話ししても、果たして、どこまで皆さんにうまく伝わるか。そして信じていただけるか、わかりません。信じていただけない方が、普通だと思います。

それでもやっぱり、私は勇気を出して今夜、待兼山の皆さんに、その話をお伝えしようと思います。

すみません、もう一度、深呼吸させてください。
少し、落ち着いてきました。では、お話しいたします。

私は一九五六年生まれで、今年、六十三歳になりました。
三年前に定年になりましたが、それまでは、電鉄会社でずっと運転士をしていました。
京都線、神戸線、箕面線、今津(いまづ)線、千里線。いろんな路線で運転してきました。もちろん、この待兼山駅のある宝塚線も、ずっと若い頃から何十年と運転してきました。梅田から宝塚までの車窓風景なんかは、今でも目を瞑れば、沿線の建物や看板の一つ一つまで、ありありと思い出すことができますよ。

でもね。私がこの待兼山の街のことを知って、こうして訪れるようになったのは、十年前からです。生まれも、通っていた高校も、今、住んでいるところも、ずっと神戸線沿線でしたからね。生活圏が違いましたし、初めてこの駅に降り立ったのは、五十を越えてから。ちょうど十年前なんです。それまでは、生まれてから一度も降り立ったことのない駅でした。

私が今日、皆さんにお話ししようと思っているのは、なぜ十年前、私がこの街に来るようになったか。そして今皆さんがいらっしゃる、この「喫茶マチカネ」に来ることになったのか。そのきっかけとなった話です。

あの日は二〇〇九年の、年が明けて十日ほどした日の出勤日でした。私は夕方、梅田から宝塚行きの電車を運転していました。はっきりと覚えています。十六時三十分に梅田駅を出発して、十六時四十六分に、運転する電車がこの街の箕面川に架かる鉄橋を渡った時です。運転席の左側です。私の視界の片隅に、箕面川の向こうに沈んでいく、美しい夕日が見えました。

運転士というのは、いつも同じ時刻に同じ場所を走ります。いつもいつも、一分と狂わず決まった時間に同じ場所を走ってますとね。通り過ぎる風景の見え方が、一日ごとに微妙に変わってくるのが、ようわかるんです。ああ、昨日より、ちょっと光の差し込む角度が、高なったなあ、とか、低なったなあ、とか。太陽の光の加減が変わるんですね。それで、西に向かって流れる箕面川の水面に、すっぽりとはまり込むようにして落ちる夕日が一番綺麗に見えるのが、ちょうど、年が明けて十日ばかりを過ぎた、夕方五時前頃なんです。

ああ、また、この美しい風景が見える日がやってきたんや。私はそう思いました。

ただ、その時、一瞬私の視界に入ったその風景に、違和感を抱いたんです。

車窓から見えるその箕面川には、線路のすぐ近くに、欄干を真っ赤に塗られた「赤い橋」が架かっています。長さが十メートルほどの「赤い橋」は、その街のシンボルで、橋から駅に続く商店街は「赤い橋通り」と呼ばれていることを、私は知っていました。

ところが、その日、私の視界に入ってきた、車窓から見えた橋の欄干は、赤い色ではなかったんです。「青い橋」だったんです。

私は、目の錯覚だ、と思いました。光線か何かの加減で偶然そう見えたのか、あるいはここのところの過労からくる目の疲れが、そんな錯覚をもたらしたのかもしれない。運転士にとって、目は命です。一度眼科に行こう。そう思いました。しかし、こうも思いました。いくら疲れが溜まっているからといって、いつも見慣れている「赤い橋」を、「青い橋」に見間違えることがあるだろうか。

終点の宝塚駅に着くと、業務日誌を書いたり事務的な作業をこなして、その日の勤務は終わりました。あとは宝塚線から十三(じゅうそう)駅で乗り換えて、神戸線の沿線にある自宅に帰るだけでした。

私は帰りの電車の中からもう一度、あの橋の色を、自分の目で確かめたい、と思いました。そして、梅田行きの電車に乗り、西側の窓の外の風景に集中しました。箕面川が見える風景は、一瞬で通り過ぎます。電車が鉄橋に差し掛かった瞬間、私は目を凝らしました。でも、あたりはもうすっかり暗くなっており、橋の色は闇に紛れてよくわかりませんでした。

その橋は駅のすぐ近くです。私はとっさに、ホームに滑り込んだ電車から降り、改札を出て商店街を抜け、橋まで歩いてみることにしました。我ながら、馬鹿馬鹿しいとは思いながら。

二百メートルほども歩くと、商店街のアーケードが途切れ、橋が見えてきました。

橋は、青かったのです。

欄干すべてが鮮やかな空色の、美しい青です。

なんだろう、これは。夢を見ているのか。私はその風景にまるで現実感を持てずに、泡立つ気持ちを必死に抑えながら、歩いて駅まで戻りました。そして、驚愕したんです。

帰りの電車に乗っている時と、駅に降り立った時には、橋の色のことばかりが気になって気づかなかったんですが、駅名が、違うのです。その駅の名は、「石橋(いしばし)駅」のはずでした。降りる駅を間違えた、なんてことはあり得ません。箕面川の鉄橋を過ぎて、すぐに降りた。「石橋駅」で間違いないんです。

ところが、私がその時に見た、改札口の上に大きくかかっている駅の看板は、青地に白抜き文字で、「待兼山駅」と書かれていたんです。

待兼山駅？

駅の近くに、待兼山、という名前の小高い山があることは知っていました。

しかし、そんな駅は聞いたことがない。そう、私が、運転士を始めた、ずっと以前から、この大阪大学の最寄りの駅は、「石橋駅」でした。

さっきも言いましたように、私のこれまでの生活圏はその駅がある宝塚線とは離れた神戸線の沿線で、これまでこの駅に降り立ったことはありませんでした。街のことをそれほど詳しく知っているわけではない。しかし、駅名を覚え間違えるはずなんてない。ましてや、自分はその沿線を毎日のように走っている電車の運転士なんです。

「あの、ここの駅の名前は……」

私は改札近くにいた駅員に訊きました。声が上ずっているのが自分でもわかりました。

私よりはずいぶんと若い駅員は平然として答えました。

「待兼山駅です」

「宝塚線の？」

駅員は、ええ、と、表情一つ変えずに答えました。

私は改札口の上にかかっている駅の看板だけでなく、券売機の上にあった料金表示のある路線図も見ました。

宝塚線を目で追いました。梅田、中津、十三、三国、庄内、服部、曽根、岡町、豊中、蛍池、待兼山、池田、川西能勢口（のせぐち）……。みんな、馴染みのある駅名でした。「待兼山駅」以外は。

「あの、石橋駅は？」

私は駅員に訊きました。

駅員は、はあ、という顔をして、言いました。

「石橋駅？　何ですか？　どこかのバス停ですか？」

「いえ、電車の駅です。ここにあった……」

「ここにあった？」

駅員は、あからさまにおかしな客だ、という表情を浮かべ、言いました。

「ここは、路線が開通したずっと昔から、待兼山駅ですよ」

「昔から？」

「この電鉄会社が開業した頃からですから、もう百年近くは経ってるんと違いますかね」

いったい、何が、どうなったというんだろう？

私は家に帰り、妻に、その日、自分が経験したことを全部話しました。

普段はどちらかというと無口な私が珍しく興奮してまくし立てるので、妻は私の顔を横目で睨んで言いました。

「あんた、何言うてるの？　螢池駅の次？　昔から待兼山駅やないの。赤い橋？　橋のことはよう知らんけど。お酒、だいぶ飲んできたの？　前から言うてるでしょ。いくら付き合いがあるからいうても、あんたはお酒、強うないんやから。飲み慣れへんお酒をあんまり飲んだらあかんよって」

いや、飲んできたわけやない。そう言おうとしましたが、やめました。

これ以上言うと、妻を不安がらせる。そう思ったんです。

私は、精神に異常をきたしたのだろうか。

そうではないとすれば、今まで、自分の頭の中にあった、赤い橋のある石橋駅は、どうなったのだ？　恐ろしい不安が足元からせり上がってきて私を襲いました。

妻はリビングでテレビを見ていました。ちょうど日曜日のゴールデンタイムで、テレビの中ではいつものチャンネルでいつものタレントが馬鹿なことを言って笑わせていました。私がその日に見た、駅の名前と橋の色以外の日常は、すべて、今までと何ひとつ変わらないんです。

「とにかく、今日は、頭冷やして早く休んだら？　お酒飲んでるんやったら、お風呂もやめといた方がええよ」

冷蔵庫から保冷枕を引っ張り出して私に差し出す妻に言われるまま、ベッドに入りました。そしてその夜、私は、眠れないまま、ずっとベッドの中で考えました。

そして、ふと唐突に、あることを思い出したんです。

私の記憶の中にある、唯一の、石橋駅にまつわる遠い「記憶」です。

高校生の頃、私は雑誌の読者コーナーで知り合った、中学生の女の子と、文通していたことがありました。あの頃、私は、プロ野球の阪急ブレーブスのファンでした。彼女とは「週刊ベースボール」という野球雑誌の文通欄で知り合ったのです。「山田久志投手のファンです。山田投手が好きな方、文通しましょう」

そう書いていたのが彼女でした。

私も当時、山田投手の大ファンでした。当時、セ・リーグでは無敵の強さを誇った巨人と互角に戦えるのはパ・リーグ王者の阪急だけだったし、山田はそのチームのエースで、あの華麗でしなやかなサブマリン投法が大好きでした。何よりも、名前が、久志、と、私と同じでした。

私は、自分が持っていた山田投手の雑誌の切り抜き写真と一緒に彼女に手紙を出しました。手紙の返事はすぐに来ました。その女の子は、手紙にこう書いていました。

「私は、赤い橋のある街に住んでます」

それは、石橋駅のある、あの街の、あの橋のことでした。

何度か手紙のやり取りをするうちに、彼女と会う約束をしました。待ち合わせ場所は、彼女が指定してきました。赤い橋の上。そう、「あの橋」の上だったんです。

しかし私は、当日、行きませんでした。彼女がその手紙に書いていた内容に、少しオカルトめいたところがあって、薄気味悪くなったからでした。

彼女との文通はそれ以来途絶えました。今から考えると、何も言わずに約束をすっぽかすなんて、私もずいぶんひどいことをしたなって思います。それ以来、テレビや新聞で山田投手の活躍を目にするたびに、私は嬉しい気持ちになると同時に、彼女のことを思い出して少し心が痛みました。

そんなこともあってか、「石橋」という駅には何か自分の中で後ろめたい気持ちが付きまとっていました。しかし大人になってからはそんなこともすっかり忘れていました。運転士になったばかりの当初は、運転席からあの赤い橋を見かけた時に、ああ、あの橋か、とふと思い出すことはたまにありましたが、その風景も日々を重ねるうちに日常の業務の中の一風景になり、思い出すこともありませんでした。

二〇〇九年のその日の不思議な体験は、すっかり忘れていた、そのことを私に思い出させたんです。

そして、眠れないベッドの中で思いました。

明日、また「あの街」を、訪ねてみよう、と。

もしかしたら、一晩眠ると、何もなかったかのように「石橋駅」に戻っているかもしれない。それならそれでいい。いや、そうであってほしい。それに越したことはない。しかし、もし「待兼山駅」のままだったら……。私は何度も寝返りを打ちました。


翌日は勤務が休みの日でした。妻と一緒に普通に朝食と昼食を食べ、午後遅くから、ちょっと気分転換に一人で散歩してくる、と言って、「その駅」へ向かいました。

昨日自分が経験したことは、もうこれからは誰にも言わないようにしよう、と心に決めながら。

駅は、やはり「待兼山駅」でした。路線の表示も。車内に流れるアナウンスも。駅周辺にある掲示物も印刷物も。

私は街を歩きました。西口の改札を出て、昨日歩いたあの商店街を、また歩きました。

やっぱり、橋の色は青でした。

私は、その青い欄干にもたれて、しばらくは箕面川の川面（かわも）を眺めていました。時折、鉄橋を渡る電車の音が聞こえてきました。近くの高校生たちがお喋りしながら橋を渡っていきました。群れをなしたシラサギたちが彼女たちの笑い声に驚いて一斉に水面から飛び立ちました。その行き先を見上げると、先ほどまで橋の欄干と同じ鮮やかな青だった空は茜（あかね）色に染まって、伊丹空港の方向に黒いシルエットの飛行機が、まるで巨大な鳥のようにゆっくりと降り立っていくのが見えました。箕面川の向こうには、大きな夕日がすっぽりと落ちて、川の中に溶けるように沈んでいきました。

昨日、私が運転席で垣間見た風景と同じでした。

私は、もう深くは考えないようにしました。

石橋駅と待兼山駅。赤い橋と青い橋。それ以外は、何も変わらないのです。

世界は今日も、何も変わりなく、美しい。

だとすれば、何を思い悩む必要があるだろうか。

そうだ。きっとこれまで、あの橋を「赤い」と思っていたのが間違いだったのだ。

「待兼山駅」を「石橋駅」だと思っていたのが間違いだったのだ。

そう考える方が、合理的ではないか。

人間の心とはおかしなものです。おかしな現実の方に、自分を合わせようとするのです。

それは、心というものが持っている、一種の防御反応なんでしょう。

待兼山駅の界隈は、歩いてみると、心地のいい街でした。

昔ながらの、それでいて活気のある商店街は、私には新鮮でした。

少年時代に戻ったような気がしました。そう、あの頃は、うちの近所もこんなふうだった。大きなショッピングセンターなんかなく、どこでも同じ顔のチェーン店の喫茶店もドラッグストアもなく、八百屋や果物屋や花屋がありました。

私はガードをくぐって線路の反対側に出ました。迷路のように入り組んだ路地を抜け、ふと目についた喫茶店に入ってみました。名前に惹かれて入ったんです。

「喫茶マチカネ」。

本屋の二階にある、そのこぢんまりとした店のカウンターの隅に座っていると、なぜか心が落ち着きました。グアテマラのコーヒーが美味しくてね。私は誰とも喋らず、ただそこにじっと座って、コーヒーを飲みました。

踏切の警報機がカンカンと鳴る音が聞こえ、電車が通り過ぎる音が聞こえました。
明日から、また私の日常が始まるはずでした。私が運転する電車が軌道を軋ませる音も、明日、この店に届くのだろう。「今まで」と同じように。

翌日の勤務は遅番だったので、妻と一緒に茉奈佳奈が主演している朝ドラの感想を話しながら朝食を食べ、出勤しました。普段と何も変わらない朝です。

いつものように受け持ちの宝塚線の電車を運転しました。蛍池駅の次は、待兼山駅。昨日入った喫茶店が近くにある踏切を越えました。駅を過ぎた箕面川の鉄橋から見える橋は、青い橋。

それから時々休みの日に、私はこの街に通いました。私は妻にはなんでも包み隠さず話す方ですが、この街に通っていることだけは妻には言いませんでした。私はこの街のことを、自分だけの秘密にしておきたかったんです。そう、「石橋駅」という、この「街」では「幻の駅」の名前の秘密と共に。妻と一緒にいる「この世界」では、「待兼山駅」が普通にあるのだから、妻に待兼山の街の話をしたって、何の問題もないはずです。けれど、この街のことを妻に話した途端に、私の中の「何か」が、ほつれてしまいそうな、そう、言葉ではうまく言えないんですが、ほつれてしまう、その表現が一番近いです。そんな気がして、私には、それが怖かったんです。

もともと私は無口な性質で、「喫茶マチカネ」ではいつも一人でコーヒーを飲んでいるだけでしたが、やがてお店のマスターや常連客の方々と少しずつ会話を交わすようになりました。

そう。今ちゃんと仁ちゃん。「イマジン」コンビは、ある時、私が命名したんです。二人はそのネーミングを、ずいぶん喜んでくださいましたよね。でも、嬉しかったのは、私の方なんです。それで一気に、私はお二人と親しくなれました。いつしか私は、「待兼山」の街を、心から愛するようになっていたんです。

それから、十年が経ちました。

三年前の二〇一六年に定年を迎え、私は妻と一緒に過ごす時間が増えました。それは楽しい日々でした。その一方で、私の「待兼山」通いは続いていました。

しかし定年の二年後に、私の人生に大きな転機が訪れました。

昨年の春のことです。健康診断で異常が見つかり、精密検査の結果、私はがんの告知を受けました。すい臓がんでした。

＊

店の中はしんと静まり返った。

誰も咳ひとつしない張り詰めた空気が漂った。

沖口さんが語る話はにわかに信じがたいほど不思議なものだった。しかしそれ以上に、沖口さんのその突然の告白は私の心を揺さぶった。

沖口さんが、がんだった、なんて。しかも、それは、昨年わかったことだったなんて。

私は信じられない思いで、ただ沖口さんの顔を見つめることしかできなかった。

仁ちゃんも同じようだった。繭子は膝の上でハンカチをぎゅっと握りしめている。

誰もがみんな、沖口さんの次の言葉を待っている。

沖口さんのつぐんだ口が開いた。私は唾を呑み込んだ。

*

余命、半年……。昨年の六月、私はそう宣告されました。

私の願いはひとつでした。「その運命は受け入れる。ただ、残された時間を治療だけに費やすのではなく、私の時が満ちるその日まで、これまで通り、自分らしく過ごしたい」

保険会社に連絡して今後のことを相談し、妻に伝えておくべきことはすべて伝えました。

私はこれから失うものを怖れたり、悲しんだりするのではなく、残された日々がまだあることを幸せに思おう。そう考えたのです。

これまでより一層、妻と過ごす時間を大事にしました。妻は特技である絵の才能を生かして週に何度か近所のカルチャーセンターで絵を教えていましたが、講座がない日はいつも連れ立って旅行やコンサートや美術館に出かけました。共通の旧い友人にも会いに行きました。丹波篠山に移住した友人の農園で、一緒に黒豆の収穫を手伝ったりね。

一方で、たった一人の、私の待兼山通いは続いていました。

そして年が明け、二〇一九年、一月を迎えました。

余命、と言われた半年が過ぎました。しかし、私は生きながらえていました。

「喫茶マチカネ」の閉店の話を耳にしたのは、そんな折でした。

カウンターで、マスターの今さんと仁さん、そして繭子さんが話をしていたんです。

私はその話に割って入りました。

駅名が「待兼山駅」から新しい名前に変わる。

そこで提案したのが「待兼山奇談倶楽部」です。待兼山の記憶を、本にして残そう、と。

私がそんなことを思いついたのは、まず、仁さんと繭子さんが「待兼山ヘンジ」の話をしたのがきっかけでした。毎年、年が明けてすぐのある日に、待兼山駅西口の道路の向こうの雑居ビルの間にすっぽりと落ちる美しい夕日が見える。その夕日が沈む瞬間にプロポーズすれば成就する、という不思議な話です。私はその話を聞いて、驚きました。

そう。自分も、箕面川の川面に夕日がすっぽりと沈んだあの日に、不思議な体験をしたからです。

それはきっと、街の人たちが噂する「待兼山ヘンジ」と同じ日だったんです。

その時初めて、私は気づきました。「あの日」から、ちょうど十年が経ったんだ、と。

私はその「不思議な偶然」に震えました。

そして、もうひとつ。私が「待兼山奇談倶楽部」の提案をしたのには理由がありました。「喫茶マチカネ」が閉店する九月末まで、月に一度のこの「待兼山奇談倶楽部」で話を聞くのを楽しみに生きていけば、自分も、その日までは生きながらえることができるのではないか。

そうして私は、「待兼山駅」の駅名が消えてなくなってしまう前、つまり「喫茶マチカネ」が閉店する直前の「待兼山奇談倶楽部」で、自分があの日に経験したことを、この街の人たちに告白しようと心の中で決意したんです。自分が経験したこの不思議な話を、この街がたしかに存在していた記録として残しておくのも、何かの意味がある。そう考えたんです。

それが、今夜です。

思い起こせば、これまで「待兼山奇談倶楽部」で、皆さんが語ってくださったお話。私にとっては、すべてがかけがえのない宝物になりました。

「カレーの店　ロッキー」のご主人、時任さん。この店でアルバイトをされている繭子さんの大学の先輩のピアニスト、城崎さん。「能登屋食堂」の、ふみ子おばあちゃん。バー「サード」のマスター、大さん。先月の、西口の駅前で歌を歌っていた山脇さん。そして、お店の「自由帳」に綴られてきた、名もない多くのお客さんたちの、この街への思い。それが本という形になって残ることを、私は、心から嬉しく思います。

自分が死んだ後、この街はどうなるのだろう？　と考えることがあります。

きっと、何も変わらないのだと思います。ただ、私たちが愛した「待兼山」の駅名が変わり、「喫茶マチカネ」と「らんぷ堂書店」がなくなる……。

私はずっとこの街で暮らしている皆さんと違って、たまさか、たった十年、この街を訪れていた、いわば通りすがりの男に過ぎません。

あの不思議なことがなければ、私はここまでこの街のことを愛さなかったでしょう。それでも、いや、だからこそ、私は、私が心から愛した街、そして「待兼山駅」が、かつてここにあったことを何かの形で残したかった。その「存在」を、みんなに伝えたかった……。

今、それが実現できて、私にはもう、思い残すことはありません。

以上が、今日、皆さんにお話ししたかったことです。

今日まで生きながらえていることを、私は神に感謝します。そして、待兼山の皆さんに、心から感謝いたします。皆さんが、こうして「待兼山奇談倶楽部」を続けてくださったからこそ、私は今日まで、生きてこられたのですから。

＊

「それやったら、ずっとずっと、続けよう！」

そう叫んだのは、繭子だった。

「この倶楽部が続くことで、沖口さんの命が延びるんやったら、ずっとずっと続けたらええやん！駅名が変わるとか、そんなこと、どうでもええやん！　喫茶マチカネがなくなるんやったら、どこか、別の場所で続けたらええやん！　きっとこの街には、不思議な話が、もっともっとあるよ！ねえ！　マスター、そうしようよ！」

ゆっくりと、拍手をする音が聞こえた。仁ちゃんだった。

拍手は水紋のように広がり、やがて大きな輪となった。

沖口さんは、深く、頭を下げた。

「ありがとうございます。今、皆さんからいただいた拍手で、私は十分幸せです。今日は私の話におつきあいくださって、ありがとうございました。そして、これまで、本当にありがとうございました」

お客さんの誰もが出口前に立つ沖口さんに労いの言葉をかけて帰った。

「沖口さん、ありがとうな。沖口さんのおかげで、街のみんなに、私の人生と娘のこと、知ってもらえました」そう言ったのは「ロッキー」のご主人だった。

「私もやで。うちの食堂、また寄ってや。とびきり美味しいあんかけうどん、作るから」

そう言って「能登屋食堂」のふみ子おばあちゃんは両手で沖口さんの手をぎゅっと握った。

沖口さんは一人一人に丁寧に挨拶して応えていた。

みんなが帰ったあと、打ち上げを、という私の誘いを、沖口さんは断った。

「実は、病状が、ちょっと進んでおりまして。医者からは、ステージ3から、ステージ4になった、と」

最後まで残った仁ちゃんと藺子が顔を見合わせた。

「沖口さん……」

藺子が声にならない声を絞り出して、沖口さんの手を握った。

仁ちゃんも沖口さんの手をしっかりと握って言った。

「沖口さん、悲観したらあかんで。現代医学は日一日と進歩してるんや。希望を捨てたらあかん」

私は、どう声をかけたらいいか迷った。ただ、素直な気持ちで、こう言った。

「沖口さん、ありのままを話してくれて、ありがとう」

沖口さんは私と、そしてもう一度仁ちゃんと藺子の手を順に握って、言った。

「皆さん、どうか、お元気で」

私の心に、不安がよぎった。喫茶マチカネの閉店まで、あと三週間ほど。沖口さんはもうこの店には、二度と来ないのではないか。その時、誰も沖口さんの連絡先を聞いていないことに気づいた。

「沖口さん、本のことがありますので、連絡先を……」

今後、入院ということになれば入院先も知っておきたかった。

沖口さんは、笑みを浮かべながら、それも断った。

「今まで、本当にありがとうございました。残された時間は、すべて、妻と一緒に過ごします」

「沖口さん、わかりました。では、念のため、私の携帯の番号をお知らせしておきます。何かありましたら、いつでもご連絡ください」

そうして、私は、仁ちゃんと繭子と一緒に、待兼山駅まで沖口さんを送った。

繭子が号泣するのを抱きかかえて、私たちはホームに消えていく沖口さんの背中を見送った。

「二人だけでお話しできませんか」

私の携帯に沖口さんからショートメールが届いたのは、それから二週間後だった。

3

沖口さんの奥さんの名前で沖口さんの逝去の知らせが届いたのは、年が明けた二〇二〇年の一月だった。

繭子がゲストたちの話をまとめてくれた「待兼山奇談倶楽部」の本が刊行されたのは、二〇二〇年の二月。社員が七人ばかりの大阪の小さな出版社に繭子がまとめた原稿を送ると社長が興味を示してくれて、商業出版で出してくれることになった。

本の完成を待たずに、沖口さんは亡くなったのだった。

本の末尾を、私はこんな言葉で締めた。

愛すべきこの街にゆかりのある不思議な話を聞かせてくださったすべての方々に、とりわけ、待兼山奇談俱楽部を発案してくださった沖口久志さんに、心から感謝いたします。

待兼山奇談俱楽部　代表　今澤敦己

私は、出来上がったばかりの本を関係者に発送する準備をしながら、あの「待兼山奇談俱楽部」の最後の日から二週間後、沖口さんと二人だけで会った日のことを思い出していた。

沖口さんと会ったのは吹く風が秋の気配をしのばせた九月の終わり頃だった。場所は「喫茶マチカネ」ではなく、青い橋の近くの豊島野(てしまの)公園だった。公園のベンチに二人で座ると、金木犀(きんもくせい)の香りがどこからか漂ってきた。いい匂いですね、私はこの匂いがとても好きなんです、と沖口さんはつぶやいてから、

「実は、今さんに、お願いがあるんです」

と切り出した。

「何でしょう？　私にできることでしたら何でもします。遠慮なさらず、何でもおっしゃってください」

私は膝を乗り出した。

「ありがとうございます。これから、私が今さんに話すことは、本には載せないでください。今さんの心の中だけにしまっておいてください」

　私は約束した。

「私は、あの日に皆さんの前でお話しした、自分の身に起きた不思議なことを、これはどういうことだろう、と自分なりにいろいろと調べたことがあるんです。ええ、図書館に通って、いろんな本を読みましてね」

　沖口さんがいつもの静かな口調で語り出す。

「そうしたら、この世界の捉え方として『多元世界』という考え方がある、ということを知りました。この世界は一つではなく、あらゆる世界が同時に存在している、という考え方です。『並行世界』とも言うようです。私が体験したことで言うと、『赤い橋の石橋駅』がある世界と、『青い橋の待兼山駅』がある世界が、同時に存在している、というものです。それらは同時に並行して進んでいて、交わることはないのですが、二つの世界をつなぐ『穴』が、どこかにある。私の場合で言うと、電車から見た『待兼山ヘンジ』です。どうやら私は、その穴に滑り落ちてしまったようなのです。ただ、さっきも言ったように、もう一つの『赤い橋の石橋駅』がある世界も同時に存在していて、そこにいる『私』も存在する。仮に『赤い橋の石橋駅』がある世界を『あちら』、『青い橋の待兼山駅』がある世界を『こちら』と呼ぶことにすると、『私』が『こちら』の世界に来たことによって、『こちら』にいた『私』は『あちら』に行った。入れ替わったわけです。もともと『こちら』にいた『私』が、そのことを認識しているかどうかは、私にはわかりません。『あちら』でどのような生活をしているのかも。もうそこは、私の認識の及ぶ範囲外です」

そこで、沖口さんはいったん話を切って空を見上げた。

青い空のはるか高みで銀色の機体が飛行機雲を作りながら飛んでいた。

沖口さんは、再び私の方に視線を向けた。

「すみません。私の話、理解できますでしょうか」

本当にそんなことが起こり得るのかは別として、論理の筋道としては、理解できた。実際にそのような小説を読んだりドラマを観たこともある。パラレルワールド、という言葉で聞いたこともある。

それでも私の頭は混乱していた。

「突拍子もない考えですが」と沖口さんは続けた。

「私は、こんなふうにも考えました。もしかしたら、このような『入れ替わり』は、頻繁に起こっているのかもしれません。ただ、穴に落ちた本人は入れ替わったことに気づかない」

「どういうことでしょう？」

「穴に落ちた本人の、記憶ごと入れ替わっているのかもしれない。そうであれば、本人からすれば、何も変わってないのと同じです。だからこそ、並行世界は互いに混乱なく進んでいる。しかしごく稀に、入れ替わる前の記憶を残したまま、穴に滑り落ちる人間がいる。私みたいに」

そんなことが起こり得るのだろうか。

「なんで、そんなことが起こったのか、私にはわかりません。ただ、私がいた『あちら』の世界と、今私がいる『こちら』の世界は、微妙に違うけれども、とってもよく似ている。ほとんど同じ、と言ってもいいぐらいです。さっき言いましたように、この世界は一つではなく、あらゆる世界が同時に存在しているとすれば、互いに隣接するような非常に近しい世界と世界の間では、何らかのバグによってごく稀にそのようなことが起こり得るのかもしれない」

私は何とか理解しようと努めた。

今度は沖口さんの方が膝を詰めてきた。

「それで、私が、今さんにお願いしたいこと　というのは……」

私は、身構えた。いったい沖口さんは、私に何を頼もうというのだろうか。私はその答えを待った。

沖口さんは、小さく深呼吸し、口を開いた。

「『待兼山奇談倶楽部』の本ができるのは、いつ頃になりそうですか？」

「その話なら、大阪で出してくださる出版社が見つかって、そこの社長が言うには、今からスピードアップして作業を進めたら、おそらく四ヶ月後には」

沖口さんは、ふと笑みをこぼしながら言った。

「おそらくその頃、私は、もうこの世にはいません。そこで、お願いしたいんです。私が死んでその本が完成したら、私の妻に、その本を送ってほしい」

「もちろんです」

私は即答した。しかし、すぐに疑問が湧いた。

「ただ、いいんですか？　奥さんには、これまで、このことを、ずっと言わなかったんじゃないですか？　この本を送ると……」

「ええ」と沖口さんはうなずいた。

「妻には、これまで言ってきませんでした。彼女は、私が『あちら』にいた時の記憶を残したままこんなことになって『こちら』にいることを知りません。不思議なことが起こった夜に言いましたが、言ったのはあの夜のたった一度きりで、彼女はそれを酒を飲んでの世迷言と思っています。いや、私がそんなことを口走ったことさえ、もう忘れているでしょう。それでいい。そう思って、これまで生きてきました。私も言うつもりはありませんでした」

「だったら……」

「がんを告知された後も、私はこのことを、自分の心の中にしまったまま死んでいくつもりでした。しかし、二週間前、皆さんの前で、あの話を初めて他人に告白しました。あの日から、少しずつ私の考えが変わってきました。私の秘密を共有した人々がこの世界にいる。なのに、彼女が知らないまま、そう、彼女に隠し事をしたまま、私は死んでいいのか、と。『待兼山駅』の記憶は、私の人生の中での、かけがえのない記憶です。そのかけがえのない記憶を、もしできることなら妻の記憶の中にも留めたい。そして、あることを伝えたい。そう考えるようになったのです」

「あること?」

「ええ。もしかしたら、これは、私の勝手なわがままなのかもしれない。でも、妻はきっと、私がこの本を贈る意味をわかってくれそうな気がします。ですから、私が死んだ後に、完成した本を妻の元に送ってくださいませんか」

沖口さんが言った「あること」の意味が、私にはわからなかった。しかし、そのことは聞かずに言った。

「沖口さんが生きている間に、ご自分の口からおっしゃらないのですか? 私は、その方がいいように思いますが」

「ええ。それも考えました。ただ、私は、それは怖いのです」

「怖い?」

「ええ。残された日々を、一秒でも長く妻と大切に過ごしたい。今、私は心からそう願っています。しかし、妻にそれを告白してしまうと、その残された貴重な時間を、そのことを考えたり、囚われたりしながら費やしてしまう。私には、その時間が惜しいのです。そんなことに意識を取られることなく、私は、妻との時間を過ごしたい。そう思うんです」

「わかりました。沖口さん。そうしましょう。お約束します」

「ありがとうございます。妻には、私が死んだら、今さんの携帯の番号にショートメールで私の死と住所を知らせるように言っておきます」

私は、大きくうなずいた。

「必ず、送ります」

「それから、もう一つ、お願いがあります」

「何でしょう?」

「どうか、びっくりなさらないでください」

「大丈夫です。何でも言ってください」

「『あちら』の世界に住む『妻』にも、私が経験したことを、知らせたいのです」

私は、すぐには意味が理解できなかった。

「『あちら』の世界の奥さんに?」

「はい。『私』が両方の世界にいるように、私の『妻』も、両方の世界にいます。『こちら』の妻が、私が『あちら』にいた時の記憶を残したままこんなことになって、こちらにいることを知らないように、あちらにいる妻も、当然、知らないでしょう。『赤い橋の石橋駅』があるのと『青い橋の待兼山駅』がある以外は、きっとほとんど同じですから、病気によって『私』の寿命がもうすぐ尽きることも同じなはずです」

私にはその理屈がわからなかった。

「でも、どうしてですか？　『赤い橋の石橋駅』があるのと『青い橋の待兼山駅』がある以外は同じだったら、私が『こちら』の奥さんに本を送ったら、『あちら』の奥さんにも届くのではないですか？」

「ええ。そこなんです。そうであれば、問題ありません。でも、私は、そこに、確信がもてないんです」

「どういうことですか」

「最初に言いましたように、私は、『あちら』の私がどのように生活しているのかが、認識できない。あちらの私があちらの世界で何を考えてどのように行動しているのかが、私にはわからないんです。つまり『こちら』の私と同じように『奇談倶楽部』を開いているとは限らない。もし開いていないのだとしたら、彼のいる世界は、この本の存在自体がない世界、ということになります。ですので、あちらの世界には、届かない可能性がある」

その理屈は理解できた。しかし、別の疑問が生まれた。

「でしたら、そのまま、『あちら』の奥さんには、知らせなくてもいいのではないですか？」

「もちろん、そうです。しかし、私は、『あちら』の世界、つまり、私がもともといた、そう、石橋駅のある、赤い橋のある世界にいる『妻』にも、私が経験したことを知らせたいのです。なぜ、そう思うのかは、実のところ、私もうまく説明できません。しかし、それを伝えることが、私の人生の存在証明であり、『こちら』に滑り落ちるまでは『あちら』の世界で共に人生を生きてきた彼女に対する誠意のような気がするのです」

沖口さんの気持ちを、すべて理解できた、とは言いがたかった。

しかし、私は、そんなふうに考えている沖口さんの願いを叶えたかった。

「でも、どうすれば？　『あちら』の世界の奥さんに、どうやって本を届ければ？」

「一つだけ、思いついた方法があります」

「何ですか？」

「あの橋のたもとにある、青いポストです」

「青いポスト？」

「ええ。あの青い橋のたもとにあるでしょう？」

たしかに青い橋のたもとには、赤いポストと一緒に青いポストがあった。

「青いポストというのはもともと速達用のポストで、ひと頃はいろんな街のあちこちにありましたが、もう今ではほとんど見かけなくなりました。でも、なぜか、あの橋のたもとには残っています。しかも、今はそのすぐ横に、普通郵便と速達郵便の投函口(とうかんぐち)のある赤いポストが設置されてるにもかかわらずです」

「その青いポストが、どうかしましたか？」

「二週間前、私は、私が高校の時に文通していた子が、手紙にオカルトめいたことを書いてきたことがあった、と言ったでしょう？　それは、あの青いポストのことです。彼女は、こう書いてきたんです。『私の街の赤い橋のたもとにある、青いポストはね、不思議なポストよ。私ね、阪急ブレーブスの山田久志のファンだから、何度もファンレターを出したの。球団宛にね。もちろん返事なんか来なかった。山田投手に直接手紙を出したくても、住所がわからないでしょ。それでね、山田久志様と名前だけ書いて、返信用の封筒も入れて、どうか山田投手に届きますように、どうか返事が返ってきますように、って、強く強く心に祈りながら、あの橋のたもとの、いつもの赤いポストじゃない、青いポストに投函したの。ちょうど、夕日がとても綺麗な冬の日だった。そうしたらね、何日かして、山田投手から返事が来たのよ！　直筆で、サイン付きでね。私は飛び上がって喜んだ。でもね、一つ、おかしなところがあったの。サインの横に書かれた背番号がね、18だったの。そう、山田久志の背番号は17なのに。自分で自分の背番号を間違うわけないでしょ。だから最初は誰かのいたずらだと思ったけど、サインの筆跡はいろんな雑誌で何度も見ていたものとまったく同じだったの。たしかに山田投手のサインなの。だから、私は、こう思ったの。あの手紙は、山田投手の背番号が18の、別の世界に届いたんだって。だから、あの青いポストは、どこか別の世界とつながっている不思議なポストなのよ』

　私はそれを読んで、作り話だと思いました。それで、そんなことを書いてくる彼女のことが何か気持ち悪くなって会いに行くことも文通もやめたのですが、私は、『あちら』の世界の妻にどうやって本を届けたらいいか考えた時に、ふとあのポストのことを思い出したんです。彼女の話は、たしかに信じがたい話です。しかし私自身が、あの橋の向こうに見える夕日を見て、『こちら』の世界にやってきたんです。あの橋の周辺には、何か世界を歪（ゆが）める磁場のようなものが働いているのかもしれない。あのポストが、別の世界につながっているとしたら、彼女のように、強く念じてあのポストから出せば、本は、『あちら』の世界の妻に届くかもしれない」

「いや、でも、住所を書いて出せば、『こちら』の世界の奥さんのところに届いてしまうんじゃないですか？　あのポストは、ああして街においてある限り、普通のポストとしても機能しているはずだし……」

「ええ、その通りです。でも、彼女の話が本当なら、別の世界につながっているのは、青いポストの方だけです。ですから、住所を書いた方の封筒は赤いポストに、それとは別に、青いポストには、住所は書かずに、宛名だけ書いたものを出してほしいんです」

「宛名だけ？」

「ええ。私の妻の名前、『沖口妙子』とだけ書いたものを出してください。今日、私は、そのための封筒も持ってきました。宛名も書いてあります。あとは何も書かずに、この封筒に本を入れて出してください。もし、あの青いポストが本当に、『別の世界』へとつながる不思議なポストなら、それでも届くはずです」

　そんなことが、本当に起こるのだろうか。私は沖口さんの目を見つめた。ふと、金木犀の香りが漂った。

　私は「待兼山奇談倶楽部」のことを思い出した。

　待兼山。不思議なことが起こる街。何よりも、あの日々が教えてくれたではないか。

「わかりました。必ず。お約束します」

私の返事に、沖口さんは満面の笑みを浮かべた。

「本の完成まで、あと、四ヶ月でしたね。それでは、本が出版されたら、投函してください」

「はい。あの橋から夕日が見える時刻に、強く祈りながら」

「ありがとうございます。お願いします」

沖口さんの笑みが一瞬、翳(かげ)った。

「その頃に、私はもう、この世にはいないでしょうから」

4

愛すべきこの街にゆかりのある不思議な話を聞かせてくださったすべての方々に、とりわけ、待兼山奇談倶楽部を発案してくださった沖口久志さんに、心から感謝いたします。

待兼山奇談倶楽部　代表　今澤敦己

妙子は最後のページに記されている文章から、しばらく目を離せなかった。

何度も読み返した後、ようやく本を閉じた。

なんという、不思議な話だろうか。

リビングの飾り棚のフレームの中で、久志が微笑んでいる。

妙子はその笑顔を見つめた。

そして久志が自分で書いたのに間違いない、封筒の宛名をもう一度見つめた。

この本に書かれている話がすべて本当の話なのか、それとも、創作なのか。妙子には何もわからなかった。本当だとすれば、この本の中で久志が語っている不思議な体験は、なんだろうか。にわかには信じがたかった。

しかし、最終話に登場する「沖口久志」は、自分の夫の沖口久志であることは間違いない。職業や話し口調は久志そのものだったし、一昨年の六月にすい臓がんを告知されたのも同じだ。少なくとも、久志のことを知っている人物がこれを書いている。そして、私が、久志の妻であることもおそらく知っている。でなければ、この家のポストに届くはずはない。

妙子は大きく深呼吸を一つして、キッチンに立った。

久志が好きだったグアテマラのコーヒーを淹れ、二つのカップに注ぎ、一つを飾り棚の上の久志の写真の前に置いた。

それから妙に広く感じるリビングのテーブルの前に座って、久志との日々を思い返した。

二年前の六月に久志ががんを告知されてから、妙子と久志の新しい人生の時間が始まった。好きなアーティストのコンサートを一緒に聴きに行き、リビングやレコードバーで七〇年代の音楽を聴き、落語会に行き、オリックスの試合を観に行った。中山連山や甲山（かぶとやま）など、低山をハイキングした。列車を乗り継いで久志が好きだった山頭火（さんとうか）の足跡を訪ねて九州を旅し、一度行ってみたかったという能登のランプの宿にも出かけた。

そうしてほとんどの時間を一緒に過ごしたが、たまに久志は一人でどこかに出かけることもあった。どこそこに行く、と行き先を告げてから外出することがほとんどだったが、どこへ行くのか何も言わずにふらっと出かけることもあった。そんな時、こちらから問うこともなかった。帰ってきてから、今日はふらっと一人で須磨の海岸まで行ってきたよ、といたずらっ子のような顔をして浜辺で拾ったさくら貝の貝殻をくれたりした。そうして妙子を驚かせるのだった。月に一度ほどは、帰りが遅くなることがあった。友人と食事して帰るから、今日は晩御飯はいらんよ、とだけ言い残し、午後十一時前には帰ってきた。

あの、月に一度の遅い外出は、このことだったのか。

しかし久志は、生前、そんなことを一言も言わなかった。

妙子はもう一度テーブルの上の本を手に取り、ベージュ地の表紙の中央に金色の横書きで刻まれた「待兼山奇談倶楽部」の文字を指で撫(な)ぜた。

それからスマホで「待兼山奇談倶楽部」を検索した。

何も出なかった。クリアにして「待兼山」で検索した。

妙子には初めて聞く地名だったが、大量の項目が表示された。

待兼山（まちかねやま）は大阪府豊中市・池田市・箕面市にまたがる千里丘陵の山。

妙子は部屋着のパーカーをネルシャツに着替え、チェック柄の厚手のコートを羽織った。生前、久志がお気に入りだったものだ。

歩いてみよう。夫が「歩いた」街を。待兼山を。

妙子はトートバッグを手に取り、パンプスを履いて玄関のドアを開けた。

5

神戸線の大阪梅田行き急行に乗った妙子は、ドアのそばにもたれて山側の車窓をぼんやりと眺めていた。その時、気づいた。あの本を、リビングのテーブルの上に置いたまま出てきたのだ。取りに帰ろうか、とも思ったが、車内アナウンスはもうすぐ十三駅に到着すると告げている。宝塚線に乗り換えるにはこの駅で降りなければならない。妙子は十三駅でドアが閉まるのをやり過ごした。

終点の大阪梅田駅に着いた。改札を出て、階段を急ぎ足で駆け下りてターミナルの一階にある大型書店に入った。入り口近くで本の仕分けをしていた若い女性店員に声をかけた。

「すみません。『待兼山奇談倶楽部』という本はありますでしょうか。単行本です。最近出たばかりだと思うんですが」

「出版社や著者名は、わかりますか？」

出版社は記憶になかった。

「著者、というか、編者は、『待兼山奇談倶楽部』です」

店員は本の名前を復唱してメモし、少々お待ちください、と場を離れた。しばらくして戻ってきた店員が言った。

「大変申し訳ありません。お調べしましたが、当店ではその書籍のデータがなく、お取り扱いができない商品のようです」

「他のお店に行けば、ありそうですか？」

店員は困り顔になった。

「なんとも言いかねますが、書籍のデータ自体がありませんので、難しいかもしれません」

妙子は一礼して店を出た。

もしかしたら、自費出版で出したのかもしれない。ただ自費出版であったとしても、本当にその倶楽部が存在するなら、普通はスマホで検索すれば多少はなんらかの情報が出てくるのではないか。

改札のある二階の階段を上がり、宝塚行きの急行に乗り込んだ。

「十三駅」を過ぎ、「豊中駅」と「蛍池駅」の次に止まった駅は「石橋阪大前駅」だった。ドアが開く。妙子は生まれて初めてその駅に降り立った。

東口改札には駅員がおり、妙子は訊いた。

「あの、この駅は、『石橋駅』だったのでは……」

駅員は慣れた様子で答えた。

「あ、はい。昨年の九月までそうだったんですが、十月から駅名変更で、この駅名になりまして」

妙子は東口の改札を出た。

急行が止まる駅前にしてはごちゃごちゃとしていて、とてもバスが入れるようなスペースはない。二台も停まればいっぱいになるタクシー乗り場の向かい側にはパチンコ屋があり、その脇に路地があった。この路地だ。妙子はゆっくりと歩を進める。足が地につかない。路地には小さな飲食店がいくつか軒を並べ、突き当たりにはコンビニがある。その前を右に曲がって、すぐ左に曲がる。妙子は立ち止まった。

黄色と黒の派手な配色の居酒屋があった。安いメニューで有名なチェーン店だ。オープンしたばかりのようで、何もかもが真新しかった。

二人連れの学生風の若者が通りがかった。妙子は声をかけた。

「あの、すみません。この場所に、以前、本屋さんがありませんでしたか？」

「ああ、なんか、ありましたよ。二階建ての」

帽子をかぶった学生が答えた。

「名前は、もしかして、『らんぷ堂書店』ですか？」

うーんと首をひねる帽子の学生の代わりに、メガネの学生が答えた。

「はっきり覚えてないけど、たしか、そんな名前でしたよ。店の前に、ランプの看板がかかってたの、覚えてます」

妙子の心は昂(たか)ぶった。

日はまだ高く、居酒屋は開店前のようで、入り口のガラス越しに中をのぞいてみても人影はなかった。

立ち去りかけた学生を呼び止める。

「あの、もう少し、いいですか？『カレーの店　ロッキー』とか、あと、古い食堂で『能登屋食堂』とか、ご存じないですか？」

帽子の学生が、ああ、知ってますよ、と答えた後に、メガネの学生が言った。

「でも、今日、両方とも定休日と違うかなあ。この商店街、水曜定休が多いんですよ」

「『ほんまのパン』さんは？もう、創業百年近いっていう、これも古いパン屋です」

「ああ、あそこやったら、やってると思います。反対側の西口ですよ。そこの路地を左に曲がって、ガードくぐって、商店街をずっと左に行った、端っこの方」

言われた通りの道筋を歩く。ガード下の路地の脇には疎水が流れている。商店街のアーケードが見えてきた。

ケーキ屋や古い寿司屋やラーメン屋などが軒を連ねる。

かつてこの道を、きっと、久志も歩いた。何度も、何度も。

そう思うだけで、妙子は胸がいっぱいになった。

パン屋はそこにあった。

白い帽子をかぶったご主人らしき人が甲斐甲斐しく働いていた。鼻が大きい。妙子が頭の中に抱いていたイメージと近かった。間違いない。えっと、ご主人の名前は……。

そうだ、思い出した。今ちゃん、仁ちゃんの「イマジンコンビ」。仁ちゃんだ。「喫茶マチカネ」の常連だ。

妙子は勇気を振り絞って、訊いてみた。

「あの、お仕事中にすみません。『喫茶マチカネ』というお店、ご存じですか」

「『喫茶マチカネ』？　ええ。東口の駅前ね。よう知ってますよ。でも、もうなくなっちゃいました」

仁ちゃんは悲しそうな顔をした。

「『待兼山温泉』は？」

「『待兼山温泉』？　ああ、すぐそこにありましたけどね。そこも八年ほど前に廃業しまして、今はマンションになってますよ」

どれもあの本の内容と符合する。

妙子の胸は高鳴った。

「では『待兼山奇談倶楽部』は?」

「えっ?」

仁ちゃんが聞き返す。

「待兼山奇談倶楽部です」

「さあ、何屋さんですか?」

「いえ、お店ではなくて。『喫茶マチカネ』で行われた、不思議な話を語る会……」

仁ちゃんが怪訝(けげん)な顔をした。

「さあ、それは知りませんなあ。私は閉店するまでずっと、あの店の、かなりの常連でしたけど」

知らない……。仁ちゃんが。

「それでは沖口久志、という人を、ご存じですか」

「沖口? さあ、知り合いには、おりませんなあ」

妙子は膨らんでいた気持ちが急速にしぼんでいくのを感じた。

「どんな方ですか?」

「ずっと電車の運転士をしてて、この街が好きでよく来ていたそうです。そう、月に一回は……」

月に一回? ああ、と仁ちゃんは何かを思い出したようだった。

「そういうたら、一階のらんぷ堂書店で、なんか、月に一回ほど、みんなで集まってたみたいやなあ」

「そこに、沖口が？」

「いやあ、詳しいことは何にもわかりません。私は、一回も行ったことないですから」

久志の影が一瞬、妙子の頭をよぎった。ふとしたきっかけで入った書店が気に入って、読書会か何かに参加していたのだろうか。久志は小説が好きだったから。もっと話を聞いてみたかった。しかし同時に不安が襲ってきた。

これ以上、あれこれ訊くと不審に思われるだろう。自分自身、なぜそんなことを訊くのか突っ込まれた時に、どう答えていいかわからない。しかし最後に一つだけ訊くことにした。

「あの、赤い橋は、どこにありますでしょうか？」

「ああ、赤い橋やったら、ここ出て、商店街を左に、まっすぐ行った先ですわ。アーケードが途切れたとこに架かってます。歩いて五分もかからしません」

「ありがとうございます」

妙子は深く礼をして店を出た。西口を通り過ぎ、さらに歩いた。鼓動が速くなっていくのが自分でもわかる。

見えてきたのは「赤い橋」だった。

妙子は橋の上に佇み、川の上流と下流に目を凝らした。青い橋などどこにもない。

いったい、あの本の世界は、なんだったんだろう。

あの本の中の店や場所はここに存在するのに、「待兼山奇談倶楽部」は存在しない。

ではあの本の中で、久志が歩いた世界は、どこだったのだろう。

橋の柵に両腕を預け、妙子は漫然と川面を見つめながら、ぼんやりと考えた。考えはまとまらなかった。

ギーッという油の切れた自転車のブレーキ音で、妙子は我に返った。

髪に白いものが交じった初老の女性が自転車から降り、前のカゴに入れていた何冊かの本を手に取ると、橋の傍に立つ「まち角の図書館」と書かれたスチール製の棚のガラス戸を引いて、中にその本を置いた。

黄色い表紙の単行本が一冊と、文庫本が二、三冊。

黄色い表紙の単行本に妙子は見覚えがあった。あれは高野文子(たかのふみこ)の漫画『黄色い本』だ。

二十年ほど前だったか。たまたま本屋で日にとまり、その鮮やかな黄色の表紙に惹かれて買ったのだ。読んでみて驚いた。『チボー家の人々』というフランスの長い長い小説にハマる高校生の女の子の話だった。自分も高校時代、図書館で借りた黄色い表紙の『チボー家の人々』を夢中になって読んだ経験があったからだ。主人公の気持ちが、あの頃の自分とまるで同じだった。

漫画を読み終えた日、久志にその話をしたことを思い出した。

「あの本、また読みたいなあ」

そうつぶやくと、久志は妙子の誕生日に、どこかの古本屋で黄色い表紙の『チボー家の人々』の全巻を見つけ出してサプライズプレゼンーしてくれたのだった。

「僕も、自分で小説書いて、妙子にプレゼントできたらええんやけど、とてもそんな才能ないしなあ」

そう言って、はにかみながらおずおずと本を差し出してくれた。私は感激して久志に抱きついた。

そうか。もしかしたら。

あの『待兼山奇談俱楽部』は、私のために、久志が書いてくれた小説ではないのか。

すべては、久志の創作なのだ。時々、一人で出かけていたのはそのためだ。この街を歩きながら、小説に仕立てたのだ。そう考えると、すべてに合点がいく。そもそもこの世界には「待兼山駅」などという駅は存在しないのだから、空想の話、と考えるのが、ごく自然ではないか。

あの本は、生前の久志が私に仕掛けた、サプライズなのだ。

久志が、いつか須磨の海岸の砂浜で拾ったさくら貝の貝殻をプレゼントして驚かせたように。『チボー家の人々』全巻を古書店でこっそり見つけて誕生日にプレゼントしてくれたように。

しかし。と妙子は思い直す。

久志らしくない。

久志は私を驚かすことは好きだったが、手の込んだ嘘をついてまで人を驚かせる性格ではない。自分で書いた創作を、わざわざ名前を伏せて本にして出すなんてことをするだろうか。

だとすれば……。

自転車でやってきた女性は持ってきた本を棚に返した後、棚に並べてある本を手に取って表紙を眺めたりページをめくったりして物色している。

妙子はあらためて棚の上に書かれた文字を見つめた。「まち角の図書館」。どうやら、街の人たちから提供された本がここには並べられ、借りたい人は無料で自由に借りて、読み終われば返す、というシステムの、いわば「青空図書館」のようなものなのだろう。

妙子はその女性に声をかけた。

「あの、すみません」

妙子は女性に話しかけた。

女性は一瞬肩をビクッとさせたが、すぐに笑顔を作った。

「はい」

「すみません。ここの本は、誰でも自由に借りられるんですか」

「ええ。借りられますよ。読んだ後、ちゃんとここに戻しておけば」

「ごめんなさいね。急に話しかけたりして。私も、この高野文子さんの『黄色い本』を読んだことがあって」

女性の顔がパッと明るくなった。

「そうなんですね！ 私は先週、たまたまここで見つけて借りて読んでみたんですけど、とっても良かったです。本好きには、たまらない話ですよね」

「本がお好きなんですね」

「ええ、とっても」女性の表情が一層輝いた。

「この街に住んでいる人は、みんな、本が好きですよ」

「そうなんですか」

「ええ。駅前に昔からあった本屋さんが、とってもいい本屋さんでね。みんなそこで、本が好きになるんですよ。残念ながら、去年、閉店しちゃったんだけど」

それはきっと、らんぷ堂書店のことだ。

見たこともない書店なのに、妙子の心にひどく懐かしい思いが込み上げてくる。

妙子は泣きそうになった。

久志が歩いた足跡を、もっと辿りたい。妙子は心からそう思った。

「あの、ちょっと伺ってもいいですか」

「はい、なんでしょう？」

「待兼山って、ご存じですか？」

「ええ、もちろん」

「どこにありますか？」

「大阪大学のキャンパスの中ですよ。ここから歩いても、十分、かからないですよ」

「そうでしたね」

妙子は女性に礼を言って別れた。

阪大下の交差点まで出て、長い坂を登る。右手に大きな池が見える。池の向かい側は、緑がこんもりと茂った小高い山だ。タヌキはいるだろうか、いてもおかしくないと妙子は思った。

そうだ、と思い出して、妙子は通りがかりの学生に訊いた。

「あの、すみません。この大学の中に、マチカネワニの化石の標本が見られるところはありますか」

「ああ、それなら、学術博物館です。白い建物です」

「今、行っても、見られるでしょうか」

「ええ。常設展示ですから、大丈夫ですよ」

学術博物館は小高い山のすぐ脇にあった。

入り口の案内表示を見る。マチカネワニの化石標本は三階だ。

古い手すりをたどって、黄土色の階段を上がる。ステンドグラスがはめ込まれた窓から差し込む光が眩しい。

三階に上がって、右手の部屋に入る。入るとすぐに、巨大な骨格が目に飛び込んできた。

マチカネワニだ。

妙子は息を呑んだ。

あの本で、その存在は知っていたが、頭の中でイメージしていたよりはるかに大きかった。しかも、ほとんど完全な形で身体全体の骨が残されて組み立てられていた。まるで映画か何かのために作った創作物のように見える。しかし「それ」は紛れもなく、四十五万年前に「現実」に生きていて、この土地を歩いていたのだ。

あの本も、そうではないか。

きっとこの場所も、久志は訪れたのだろう。あの階段の手すりをたどって。

館内は静まりかえっている。妙子以外には誰もいないようだ。ゆっくりと目を閉じる。

「こんにちは」

その声にギクリと心臓が跳ねた。低い、いい声だ。

久志?

一瞬そんな錯覚に陥って、妙子は振り返った。

男が立っていた。

背筋が伸び、肌に艶があって若く見えるが、目元に刻まれたしわから判断すると、六十代後半、あるいはもう少し上ぐらいにも見えた。

「ご興味がおありですか」

はい、と短く答える妙子に、男は微笑んだ。そして標本に視線を移し、目を細めながら言った。

「私も、子供の頃は、化石に熱中した少年でしてね」

「そうなんですか」

「ええ。このあたりの山に、近所の友達と一緒に毎日化石を探しに行きましたよ」

「いつ頃ですか？」

「ちょうど、前の東京オリンピックの頃ですね。そう、このマチカネワニの化石が見つかった頃」

「何の化石を探してたんですか？」

笑わないでくださいよ、と男は前置きをして、言った。

「僕と友達は、もう一頭、このマチカネワニのパートナーがいるはずだと信じて、一生懸命探したんですよ。残念ながら、化石は見つかりませんでしたけどね」

妙子は男の顔をまじまじと見つめた。優しい目をしている。

「この近くの方ですか」

ええ、と男は小さくうなずいた。

「実家のある蛍池に、高校までいました。卒業してからは、大学へ行くために東京に出ましたが」

「早稲田大学」

「え？」

男は目を瞬（しばたた）いた。

「なんでわかるんですか」

「え、いえ、なんとなく。大学を卒業してからは、こちらに？」

「いいえ。ずっと離れていました。何年か前に、久しぶりにこの街に帰ってきたんです」

妙子は胸の奥がざわめくのを感じた。そして、意を決して訊いた。

「あの……。『待兼山奇談倶楽部』という本を、ご存じですか」

「待兼山奇談倶楽部？」

男の目に、光が灯ったような気がした。男は少し考えて、答えた。

「いいえ、知りません。初めて聞きました」

「この街の、不思議な話ばかりを集めた本なんです。その中に、マチカネワニの化石を探す二人の少年の話が出てくるんです」

男の目に、今度ははっきりと光が宿るのがわかった。

「見つけた二人の話ですか？」

「いいえ。見つけられなかった、二人の話です」

「それは、ぜひ読みたいなあ。本屋さんか図書館に行けばありますかね」

「いいえ。おそらくは」

妙子は首を横に振った。

「私宛に送られてきた本なんです」

男は怪訝な顔をした。それから言った。

「その本には、他には、どんな話が載っているんですか」

妙子は一番先に頭に浮かんだ話をした。

「そうですね。たとえば、年に一度だけ、駅前の大通りから美しい夕日が見える、待兼山ヘンジの話とか」

「待兼山ヘンジ、ですか」

男の声が一オクターブほど上がった。彼はそれを知っている。そう確信した。

久志のことを、どう言おうか迷ったが、こう答えた。

「ええ。とっても不思議な話なんです。電車の運転士が、その待兼山ヘンジの日に、どう言ったらいいのか……、もう一つの別の世界にやってくる。そんな話です」

「別の世界から？」

「ええ……すみません。うまく説明できなくて」

男は唇を噛んで、ずっと黙っている。

どれぐらい沈黙が流れただろう。不自然すぎるほどの長い間が開いた後、

「その夕日、私も見たことがあります」

男がつぶやいた。

「教えてくださいますか。どんな夕日か」

妙子は訊いた。

男は妙子の目を見つめた。心臓の鼓動が聞こえてしまうのではないか。妙子は恥ずかしくなったが、ぐっとこらえて彼の目から視線を外さなかった。

男は、ふっと視線を落とし、そしてゆっくりと顔を上げて、静かな声で語り出した。

「あの夕日を初めて見たのは、私が、この街に何十年かぶりに帰ってきた日です。そう、年が明けたばかりの一月でした。久しぶりにこの駅に降り立って改札を出ると、目の前に、美しい夕日が、すっぽりと雑居ビルの谷間に落ちていくのが見えたんです。私は、そのあまりの美しさに、夕日が沈んで見えなくなるまで、ずっとそこに佇んでいました。あの少年時代、化石を一生懸命見つけようとしていた時も、あんな美しい夕日を見たことがあったなあ、と思いながら」

そうだ。同じエピソードが、あの本の中にもあった。妙子は畳み掛けた。

「その本には、本当に不思議な話がいっぱいあって、たとえば、さっき言った電車の運転士がもといた世界と、もう一つの別のその世界では、橋の色が違うんです」

「橋の色？」

男はこれ以上ないほどに両眉を上げげた。

「ええ。赤い橋、と、青い橋です」

男は、目を瞑った。そしてまた黙り込んで、何かを考えている様子だ。

目を開けた時、これまでと表情が変わっていた。

「よろしければ、私の話を聞いてもらえますでしょうか」

決意のこもった顔だった。

妙子は無言で大きくうなずいた。

「おかしな男、と思われるので、こんなことを誰かに言うつもりはありませんでした。でも……」

男は妙子の目を見つめた。

「あなたから、橋の色のことを聞いて……。あなただけには、勇気を出して、正直にお話しすることにします」

そこから聞いた男の話は、やはりにわかには信じがたい話だった。

久志があの本で語っていたこと、つまり、久志が体験したあの不思議な出来事と、とてもよく似ていた。

彼は、言ったのだ。あの不思議な夕日の見える日に、「待兼山駅」のある世界から、「穴」に落ち込んで、「石橋駅」のある世界にやってきた……。

妙子は、何か大きな力にがっしりと肩を摑まれたようにその場に立ち尽くした。

久志があの本で話していた「世界」を、今、目の前にいる、見知らぬ人が語っている……。

「私は、自分が体験したことは一切人には話さないと心に決めて、この『石橋駅』、いや、かつて『石橋駅』のあったこの世界で、静かに暮らすことにしたんです」

二人は他に誰もいないマチカネワニの標本の前で佇んだ。

無言の時が流れた。部屋の外から学生たちの歓声が聞こえる。

「私は時々、思うんですよ」

男がまた静かに語り出した。

「何を、ですか」

「全部、夢なのかもしれません」

「夢?」

「ええ。誰かが、見た夢。あるいは、繰り返し、見る夢。その夢は、永遠に繰り返される。一つ一つの夢は、微妙に少しずつ改変されながら」

「もし、そうだとして」

妙子は訊いた。

「それは、誰の夢なんでしょうか」

「誰の夢でしょうか」

男はしばらく考えて、口を開いた。

「たとえば、四十五万年の間、このマチカネワニが繰り返し見る夢だとしたら」

妙子は男が指差す、目が空洞になった頭蓋骨を見た。男の低い声が、妙子の胸に響く。

「もしそうだとしたら、このマチカネワニは、四十五万年もの間、ここにあなたと私がやってくるのを、ずっと待っていたのかもしれませんね」

「なんのために？」

「自分が、たしかに存在したのだ、と、誰かに知ってもらうために」

「夢が、現実になった、ということでしょうか」

妙子の問いに、男はうなずくでもなく否定するでもなく、ただ優しい笑みを浮かべた。

「それから、こういうふうにも思います」

男はまた語り出した。

「私たちの人生って、もしも、の連続ですよね。もしも、あの時、こうしていたら、もしも、あの時、ああしていなかったら……。私たちは、そうやって、やらなかったこと、やったことを後悔します。そうして、もしも、の先にあったかもしれない未来を思ったりします。思っても、仕方のないことなのに。でも、もしかしたら、それらは全部起こっていて、この無限の宇宙の中で、同時並行的に存在しているのかもしれない。この宇宙は、そんな『もしも、の網』が張り巡らされて、できているのかもしれない。なぜなら、宇宙は、永遠に繰り返されるものですから」

「もしも、の網……」

「はい、あるいは、無限の網です」

「その網の目の綻びから、落ちてくる人がいる」

「でしょうね」

男はうなずいた。

「あなたがおっしゃる、その本の中の運転士さんと、私のように」

妙子は、思い出して訊いた。

「『待兼山ヘンジ』は、毎年、一月十一日でしたね」

「ええ。そうです。思いのある人たちがその日に願い事をすれば、叶う、と言われています。ただ、こちらでは、『石橋ヘンジ』ですが」

「ああ。そうですね。『石橋ヘンジ』。もともとの『ストーン・ヘンジ』に、より近いですね」

二人は笑いあった。

「もうひと月ほど前に過ぎましたね」男は言った。

「待ちます」

妙子は言った。

「待つ?」

「来年の『石橋ヘンジ』の日まで。そうすると」

「そうすると?」

妙子は答えた。

「その夕日の下で、愛する人に会えそうな気がします」

主要参考文献

『巨大絶滅動物 マチカネワニ化石 恐竜時代を生き延びた日本のワニたち』大阪大学総合学術博物館監修、
小林快次・江口太郎著、大阪大学出版会、二〇一〇
『朝鮮戦争に「参戦」した日本』西村秀樹著、三一書房、二〇一九
『新修 池田市史 第4巻 現代編』池田市史編纂委員会編、池田市、二〇一一
『新修 池田市史 第5巻 民俗編』池田市史編纂委員会編、池田市、一九九八

＊本作品はフィクションであり、事象、人物、団体等を事実として描写・表現したものではありません。

初出「小説すばる」二〇二三年七月号〜二〇二四年一月号
（「待兼山奇談倶楽部」改題）
単行本化にあたり、加筆・修正をおこないました。

装画／嶽まいこ
装丁／鈴木久美

増山実（ますやま・みのる）
一九五八年大阪府生まれ。同志社大学法学部卒業。二〇一二年、「いつの日か来た道」で第十九回松本清張賞最終候補となる。二〇一三年、同作を改題した『勇者たちへの伝言』でデビューし、二〇一六年に第四回大阪ほんま本大賞を受賞。他の著書に『空の走者たち』『風よ 僕らに海の歌を』『波の上のキネマ』『甘夏とオリオン』『ジュリーの世界』（第十回京都本大賞受賞）『百年の藍』がある。

今夜、喫茶マチカネで

二〇二四年 七 月一〇日　第一刷発行
二〇二四年一二月一四日　第四刷発行

著　者　増山 実
発行者　樋口尚也
発行所　株式会社集英社
〒一〇一-八〇五〇　東京都千代田区一ツ橋二-五-一〇
電話　〇三-三二三〇-六一〇〇（編集部）
〇三-三二三〇-六〇八〇（読者係）
〇三-三二三〇-六三九三（販売部）書店専用
印刷所　TOPPAN株式会社
製本所　加藤製本株式会社

ISBN978-4-08-771872-0 C0093
定価はカバーに表示してあります。

集英社の翻訳単行本

となりのヨンヒさん

チョン・ソヨン／吉川凪 訳

もしも隣人が異星人だったら？　もしも並行世界を行き来できたら？　もしも私の好きなあの子が、未知のウイルスに侵されてしまったら？　同性愛、フェミニズム、差別と情報統制——マイノリティからのまなざしを受け止めつつ、人々の挫けぬ心を繊細に描く、「いま」と未来の物語。切なさと温かさ、不可思議と宇宙への憧れを詰め込んだ全十五編のＳＦ短編集。

増山実の本

波の上のキネマ

祖父が創業した尼崎の小さな映画館を引き継いだ安室俊介は、台湾在住の男から驚くべき事実を告げられた。祖父は若い頃、脱出不可能と言われた〈緑の牢獄〉にいたという。彼が示した古写真にはジャングルの中の建物が写されていた。祖父はどのようにそこから逃れ、なぜ映画館を始めたのか……。祖父の激動の半生を追い、俊介はある島へと向かう。歴史のうねりと個人の生が紡ぐ、感動と興奮の長編小説。

［集英社文庫／四六判］